WISHBOOKS MODERN FANTASY STORY

세상S 장편소설

뜨겁게 던져라

뜨겁게 던져라 5

세상S 장편소설

초판 1쇄 찍은 날 | 2018년 3월 9일
초판 1쇄 펴낸 날 | 2018년 3월 16일

지은이 | 세상S
펴낸이 | 예경원

기획 | 위시북스
편집책임 | 이규재
편집 | 이즈플러스

펴낸곳 | 예원북스
등록번호 | 제396-2012-000132호
등록일자 | 2012. 7. 25
KFN | 제1-207호

주소 | 경기도 고양시 일산동구 호수로 646-24 위너스21 II 빌딩 206A호 (우)10401
전화 | 031-819-9431 팩스 | 031-817-9432
E-mail | yewonbooks@naver.com

ISBN 979-11-6098-757-7 04810
      979-11-6098-591-7 (set)

WISHBOOKS MODERN FANTASY STORY
세상S 장편소설

뜨겁게 던져라 ⑤

- 자이언츠의 루키 -

CONTENTS

21장
데뷔전

1

"와아아아아!"

관중석에서 뜨거운 함성과 박수가 쏟아졌다.

이제 갓 마이너리그에서 올라온 백넘버 37번 루키, 강동원을 환영해 주는 박수였다.

"후우, 후우."

강동원은 가볍게 뜀박질을 하며 메이저리그 마운드를 향해 달려갔다.

그의 등에 박힌 백넘버 37번!

KANG.

저 멀리 보이는 마운드를 향해 한 걸음, 한 걸음 내디딜 때마다 뜨거운 열기가 치밀어 올랐다. 그 바람에 심장은 주체하지 못할 정도로 쿵쾅쿵쾅 뛰었다.

마운드에는 몇몇 선수와 함께 브루스 보체 감독이 올라와 있었다. 브루스 보체는 자신의 손에 들린 하얀 공을 만지작거리며 강동원을 기다렸다.

강동원에 마운드에 올라오자 브루스 보체 감독이 공을 내밀며 웃었다.

"자, 받게."

새하얀 공을 잠깐 동안 바라보던 강동원이 조심스럽게 글러브를 내밀었다.

브루스 보체 감독이 씩 웃으며 글러브 안으로 공을 넣어 주었다.

"어떤가? 메이저리그 마운드에 선 소감은?"

"아직 잘 모르겠습니다."

"아직 모른다? 뭐, 곧 알게 되겠지. 그보다 좀 떠는 거 같은데?"

"아니라고 하면 거짓말이겠죠. 솔직히 좀 떨리네요."

"하하하, 그럴 테지. 하지만, 강! 부담 갖지 말고 던지게. 그러면 좋은 결과가 있을 거야."

브루스 보체 감독의 독려에 강동원이 미소를 지으며 고개를 끄덕였다.

"네, 최선을 다하겠습니다."

"하하, 좋아. 자네만 믿지. 어쨌든 첫 메이저리그 등판 축하하네."

브루스 보체 감독이 강동원의 어깨를 가볍게 두드린 뒤 마운드를 내려갔다. 그러자 이번에는 포수 비스트 포지가 강동원에게 바짝 다가왔다.

비스트 포지는 자타공인 메이저리그 최고의 포수 중 하나였다. 게다가 수많은 여성 팬을 보유한 미남이었다.

그런 비스트 포지가 자신과 함께 그라운드에 서 있었다. 그것도 자신이 던질 공을 받아주기 위해서 말이다.

"어때, 강. 아직도 많이 긴장돼?"

"조금이요?"

"후후, 그럴 만도 하지. 하지만 괜찮아. 넌 잘해낼 거야. 난 그렇게 믿고 있으니까."

비스트 포지가 웃으며 격려를 해주었다.

강동원은 가슴이 벅차올랐다.

하지만 그 기쁜 마음을 겉으로 내색하진 않았다.

"대신 내 미트를 잘 보고 던져. 엉뚱한 데 던지면 안 된다."

"그 정도 정신은 있으니까 걱정 마세요."

"그렇다면 좋아. 각오 단단히 하라고."

비스트 포지가 강동원의 어깨를 감쌌다. 그러고는 전광판 쪽으로 방향을 돌렸다.

"잘 봐, 3 대 3이야. 그리고 이제부터 우린 로키스의 중심 타선을 상대해야 해. 이번 이닝을 잘 막으면 아마 우리에게 도 기회가 올 거야. 그러니 한번 잘해보자고."

"넵!"

"좋아, 그럼 시작해 볼까."

비스트 포지가 글러브로 강동원의 가슴을 한 차례 툭 치고 는 마운드를 내려갔다.

강동원은 비스트 포지의 등을 물끄러미 쳐다봤다. 널찍한 그의 등이 무척이나 듬직하게 느껴졌다.

"후우……."

마운드에 홀로 남겨진 강동원은 서둘러 마운드를 정비했 다. 그리고 연습 투구를 시작했다.

퍼엉!

강동원의 손끝을 빠져 나간 공이 비스트 포지의 미트를 크 게 흔들어 놓았다. 그 포구 소리가 중계석까지 울려 퍼졌다.

─지금 마운드에는 올해 계약한 자이언츠의 기대주, 강이 올라와 있습니다.

─자이언츠 관계자에게 얼핏 들었는데 구단 내부에서도

기대가 상당하다고 합니다.

　－강의 고향이 한국이라고 하던데요. 한국 출신 투수 중에 이름 난 투수가 적지 않죠?

　－일단 박찬오가 있겠고 김병헌, 서재훈, 최근에는 류현신을 꼽을 수 있겠네요.

　－자이언츠 구단은 강이 메이저리그에서 성공한 한국 투수들에 못지않은 재능을 갖췄다고 판단하고 있던데요. 계약금이 자그마치 180만 달러입니다.

　－작년에 고등학교를 졸업하고 곧바로 미국에 건너온 선수에게 준 계약금치고는 확실히 많아 보입니다.

　－강 하면 지난 세계 청소년 야구 선수권 대회를 빼놓을 수 없는데요. 세계 청소년 야구 선수권 대회의 활약 덕분에 자이언츠와 계약을 맺을 수 있었습니다.

　－세계 청소년 야구 선수권 대회에서 투수가 받을 수 있는 모든 상을 다 받았죠?

　－그렇습니다. 대회 MVP는 물론이고 최우수 투수상까지 휩쓸었습니다. 아울러 대한민국을 우승으로 이끌었죠.

　－게다가 이 선수, 아주 특이한 이력도 가지고 있습니다.

　－특이한 이력이요?

　－대한민국에서 노히트 노런은 물론 퍼펙트게임도 경험했다는데요.

-호오, 그게 정말입니까? 평생에 한 번 달성할까 말까 한 대 기록을 프로에 넘어오기 전에 모두 이뤄냈다니! 정말 대단합니다.

-확실히 남다른 투수인 것만은 분명합니다. 게다가 계약 첫해에 메이저리그로 콜업이 된 걸 보면 마이너리그에서도 적응을 잘해 왔던 것 같고요.

-네, 강의 기록을 살펴보면, 마이너리그 통산 15경기에 등판해 8승 4패 평균 자책점 2.25를 기록했습니다.

-2.25라. 준수한 성적이네요.

-네, 무엇보다 삼진 잡는 능력이 빼어난데요. 82이닝을 소화하는 동안 무려 109개의 삼진을 잡아냈습니다. 게다가 약점으로 지적받던 슬라이더와 체인지업도 무척 좋아졌다고 합니다.

-단순히 노력만으로는 이뤄내기 어려운 결과처럼 보이는데요.

-그뿐만이 아닙니다. 포심 패스트볼 최고 구속도 종전 97mile/h(156.1㎞/h)에서 99mile/h(159.3㎞/h)까지 끌어 올렸다고 합니다.

-이러니 자이언츠 팜 내 투수 유망주 랭킹 1위를 차지했겠죠.

-자, 강이 연습 투구를 마쳤는데요. 강의 메이저리그에

올라와 첫 번째로 상대할 선수는 로키스의 3번 타자 카를로 곤잘레스 선수입니다.

–강이 어떤 투구를 펼칠지 지금부터 눈을 크게 뜨고 지켜 봐야겠습니다.

연습 투구를 마친 강동원은 공을 잡고 마운드를 내려가 숨을 골랐다. 로진백을 쥔 뒤 입으로 남은 가루를 불어냈다. 그사이 타석에는 3번 타자 카를로 곤잘레스가 좌타석에 들 어섰다.

카를로 곤잘레스는 로키스를 대표하는 거포였다. 현존하 는 메이저리그 선수 중 가장 아름다운 스윙을 가진 남자로 평가받고 있었다.

곤잘레스는 로키스에서 커리어의 꽃을 피우기 시작하면서 로키스를 대표하는 프랜차이즈 스타로 성장했다.

올해 연봉으로만 1,600만 달러를 받고 있는 그는 올스타 2 회, 골든 글러브 3회, 실버 슬러거 1회, 타격왕 1회, 최다 안 타 1회 등을 수상한 전력을 가지고 있었다.

유리 몸만 아니었다면 메이저리그 최고의 타자로 불려도 손색이 없을 정도였다.

그렇다 보니 강동원을 상대하는 카를로 곤잘레스의 표정 은 더없이 여유롭기만 했다.

'루키라고? 브루스 보체 감독이 내게 큰 선물을 해주는군 그래.'

카를로 곤잘레스가 자신만만한 눈으로 강동원을 응시했다. 강동원과 눈이라도 마주친다면 도발하듯 기분 나쁘게 웃어줄 생각이었다.

하지만 정작 강동원의 시선은 오직 비스트 포지의 손가락만 주시했다.

'좋아, 강. 타자는 신경 쓰지 말고 내 사인과 미트만 확실히 보라고.'

잠시 고심하던 비스트 포지가 낸 초구 사인은 바깥쪽에 꽉 차게 들어오는 포심 패스트볼이었다. 일단은 강동원이 카를로 곤잘레스를 상대로 얼마나 정교한 컨트롤을 보여줄 수 있을지 확인해 보고 싶었다.

사인을 확인한 강동원이 고개를 끄덕였다. 천천히 글러브를 가슴에 모은 뒤 크게 왼 다리를 들어 올리며 있는 힘껏 공을 내던졌다.

후앗!

강동원의 손끝을 빠져나간 공이 빠르게 홈 플레이트를 향해 날아갔다. 그러나 어깨에 잔뜩 힘이 들어간 탓일까?

퍼억!

비스트 포지의 요구보다 공이 바깥쪽으로 많이 빠져나

갔다.

당연하게도 심판의 콜은 볼이었다.

"쳇."

결과를 확인한 강동원이 이맛살을 찌푸렸다. 메이저리그에서 처음 던지는 공은 꼭 멋진 스트라이크를 잡고 싶었는데 자신도 모르게 긴장한 모양이었다.

게다가 상대도 나빴다. 메이저리그를 대표하는 강타자인 카를로 곤잘레스에게 맘 편히 스트라이크를 던질 수 있는 투수는 리그를 통틀어도 일부에 불과했다.

"포지, 부끄러우니까 빨리 공을 줘요. 어서요."

강동원이 비스트 포지를 향해 중얼거렸다. 그런데 비스트 포지가 그의 첫 번째 공을 강동원에게 주지 않고 잠시 구심을 돌아본 뒤 더그아웃 쪽으로 던져 버렸다.

그러자 더그아웃에 대기하고 있던 코치가 나와 공을 받아 들었다.

"아⋯⋯!"

깜짝 놀란 눈으로 그 모습을 지켜보던 강동원이 뭔가를 알아채고는 씩 웃었다. 메이저리그 첫 등판에 던진 첫 공을 기념해 주기 위해 비스트 포지가 일부러 공을 교환한 모양이었다.

비스트 포지는 심판에게 다시 공을 받아서 강동원에게 던져 주었다.

"괜찮으니까 긴장 풀어, 강."

비스트 포치가 어깨에 힘을 빼라는 몸짓을 했다. 강동원은 고개를 끄덕이며 길게 숨을 골랐다. 그리고 마음을 다잡은 뒤 다시 마운드에 섰다.

강동원이 투구판을 밟자 카를로 곤잘레스도 타석에 들어왔다. 그런데 카를로 곤잘레스의 표정이 처음과는 조금 달라져 있었다.

비록 볼이 되긴 했지만 전광판에 찍힌 초구 포심 패스트볼의 구속은 98mile/h(≒157.7㎞/h)이었다.

100mile/h이 넘는 빠른 공을 던지는 투수가 적지 않다곤 하지만 미트를 묵직하게 울리는 98mile/h의 포심 패스트볼이 만만치 않게 느껴졌다.

"날 상대로 아무나 올린 건 아니라는 말이군."

카를로 곤잘레스가 쓴웃음을 지으며 방망이를 들어올렸다. 그 모습을 힐끔 바라보던 비스트 포지가 2구째 몸 쪽 패스트볼을 요구했다.

코스는 높게. 스트라이크를 잡기보다는 카를로 곤잘레스의 범타를 유도하기 위한 공이었다.

강동원은 단단히 고개를 끄덕였다. 그리고 비스트 포지의 미트를 향해 힘차게 공을 던졌다.

후앗!

바람 소리와 함께 새하얀 공이 카를로 곤잘레스의 몸 쪽을 파고들었다. 그러자 카를로 곤잘레스도 망설이지 않고 방망이를 내돌렸다.

따악!

방망이와 공이 한 점에서 만났다. 하지만 카를로 곤잘레스의 예상보다 공은 방망이 안쪽에 걸려 버렸다.

탁! 타닥!

바닥에 낮게 깔린 타구가 마지막 순간에 3루 쪽 파울 라인을 벗어나 버렸다.

'헉! 깜짝이야.'

타구를 따라 고개를 돌렸던 강동원이 식겁한 표정을 지었다. 타구가 조금만 안쪽으로 몰렸더라도 3루 라인을 타고 흐르는 장타가 되었을지 몰랐다.

'역시 메이저리그 최고의 타자야. 그 공을 그런 식으로 대처하다니.'

분명 먹힌 타구였다. 계산대로라면 3루를 크게 벗어나는 파울 타구가 나와야 했다. 하지만 카를로 곤잘레스가 임팩트 순간에 제대로 힘을 실은 탓에 타구가 생각보다 라인 쪽으로 붙어서 굴러갔다.

"후우……."

비스트 포지에게 새 공을 건네받으며 강동원이 길게 숨을 골랐다.

강동원은 잠시 마운드를 내려가 로진백을 주물렀다. 마이너리그에서 뛸 때도 메이저리그에서 활약하던 타자와 상대를 한 적이 적잖았지만 카를로 곤잘레스만큼 위압감을 풍기는 타자는 처음이었다.

하지만 이대로 겁을 먹고 마운드를 내려갈 생각은 추호도 없었다.

'강동원, 정신 차려. 이게 바로 메이저리그야. 이게 진짜 야구라고.'

손에 묻은 로진 가루를 길게 불어내며 강동원은 불안한 마음을 함께 털어냈다. 그리고 한결 가벼워진 얼굴로 마운드에 올랐다.

볼카운트는 원 스트라이크 원 볼.

강동원이 비스트 포지를 바라보며 다음 사인을 기다렸다.

비스트 포지도 기다렸다는 듯이 손가락을 움직였다. 비스트 포지의 3구째 사인은 다시 몸 쪽이었다. 하지만 구종은 포심 패스트볼이 아니라 슬라이더였다. 좌타자인 카를로 곤잘레스의 몸 쪽으로 붙는 공을 던지라는 이야기였다.

강동원이 사인을 받고 고개를 끄덕였다. 천천히 자세를 잡은 뒤 글러브 안에서 슬라이더 그립을 고쳐 쥐었다.

'몸 쪽으로 붙여야 해.'

머릿속으로 다시 한번 궤적을 그려본 뒤 강동원이 포수 미트를 향해 힘껏 공을 던졌다.

후앗!

강동원의 손가락을 빠져나간 공이 홈 플레이트 앞에서 예리하게 꺾이며 몸 쪽으로 파고들었다.

그러나 카를로 곤잘레스도 어느 정도 예상한 듯 방망이를 가볍게 돌리며 공을 걷어냈다.

투 스트라이크 원 볼.

볼카운트가 투수에게 조금 더 유리하게 변했다.

그러자 비스트 포지가 승부를 걸었다. 4구째는 강동원이 가장 좋아하고 자신 있어 하는 커브를 요구한 것이다.

사인을 확인한 강동원이 살짝 놀란 표정을 지었다. 비스트 포지와 호흡을 맞춘 건 오늘이 처음이었다. 따로 불펜에서 공을 주고받은 적도 없었다.

당연히 비스트 포지는 강동원의 공을 처음 받아봤다. 그런데 강동원의 결정구가 커브라는 사실을 명확하게 인지하고 있었다.

'나에 대해서도 철저하게 연구한 모양인데?'

강동원은 순간 얼굴이 화끈거렸다. 마치 비스트 포지 앞에서 모든 게 발가벗겨진 기분이었다.

'왜 최강의 포수라 불리는지 이제 알겠어.'

강동원은 피식 웃으며 투구를 준비했다. 글러브 안에서 조심스럽게 커브 그립을 고쳐 쥔 뒤 와인드업에 들어갔다.

후앗!

강동원의 손끝을 빠져나온 공이 큰 포물선을 그리며 느리게 날아갔다.

순간 카를로 곤잘레스가 실소를 머금었다. 구속의 차이를 이용해 자신의 판단력을 흐트러뜨릴 계산인지는 모르겠지만 이 정도 공에 속아줄 생각이 없었다.

'보나마나 볼이겠지.'

다소 높게 제구된 커브볼을 지켜보며 카를로 곤잘레스가 타격을 포기해 버렸다. 애당초 커브는 노림수에 없었다. 게다가 이대로 볼이 된다면 볼카운트가 동등해질 수 있었다.

한편으로는 강동원이 긴장한 나머지 실투를 던졌다고 여겼다.

'역시 루키는 루키로군.'

그대로 가슴선 위쪽을 통과할 것 같은 공을 지켜보며 카를로 곤잘레스가 입가를 실룩거렸다. 그런데 그때 높게 날아오던 공이 갑자기 급회전을 하며 툭 하고 떨어져 내렸다. 그것도 카를로 곤잘레스의 눈앞에서 말이다.

'이, 이건 뭐지?'

카를로 곤잘레스의 눈이 크게 떠졌다. 설마하니 저 느린 커브가 이 정도의 낙폭을 만들어낼 줄은 생각지도 못한 반응이었다.

그렇게 강동원의 주특기인 폭포수 커브가 메이저리그에서 첫 선을 보였다.

애석하게도 비스트 포지의 요구보다 공 반 개 정도 높게 들어가면서 스트라이크 판정을 받아내진 못했지만 카를로 곤잘레스의 혀를 내두르게 만들 만큼 어마어마한 무브먼트를 선보였다.

그러나 강동원은 스트라이크를 잡아내지 못한 게 아깝기만 했다. 카를로 곤잘레스의 간결한 스윙을 의식해 살짝 높게 던진 게 결과적으로 볼로 이어진 것이다.

"와우."

비스트 포지는 기대 이상의 커브볼에 탄성을 내뱉었다. 그러면서 한편으로는 프레이밍을 하지 못한 걸 후회했다.

지금껏 자이언츠의 안방마님으로 활약하며 수많은 투수의 공을 받아왔지만 강동원의 커브는 손에 꼽힐 만큼 좋았다. 그 때문에 비스트 포지는 장기인 프레이밍을 전혀 활용하지 못했다.

하지만 그것도 잠시. 카를로 곤잘레스의 시선이 느껴지자 비스트 포지는 요구했던 공이 들어온 것처럼 소리쳤다.

"좋아! 잘했어, 강!"

비스트 포지가 영어로 독려했지만 강동원은 통역 없이도 그 말뜻을 이해할 수 있었다.

강동원이 대답 대신 씩 웃어 보였다. 그러자 비스트 포지 도 그렇게만 하라며 미트를 팡팡 두드렸다.

강동원표 커브에 놀란 건 선수들만이 아니었다.

―와우! 봤나요? 정말 아름다운 커브가 들어왔습니다.

―저도 봤습니다. 구속은 80마일밖에 나오지 않았는데요. 마치 하늘에서 뚝 떨어지는 그런 공이었습니다.

―그런데 재미있는 건 변화구에 강한 강타자 카를로 곤잘 레스가 꿈쩍도 하지 못했다는 점입니다. 저기 보십시오. 놀 란 모습을 말입니다.

―하하. 저도 봤습니다. 하긴 카를로 곤잘레스도 저런 공 이 들어올 것이라고는 예상치 못했을 것입니다.

중계진도 강동원의 커브에 극찬을 쏟아냈다.

"저 녀석, 누구지?"

"강? 강이라는데 들어본 적 있어?"

"루키라는 건 들어봤지만 제법인데?"

구장을 가득 메운 관중석도 깜짝 놀라며 탄성을 내질렀다.

그사이 강동원은 천천히 숨을 골랐다.

'카를로 곤잘레스의 타이밍을 빼앗았어. 여기서 빠른 커브를 던지면 삼진으로 잡을 수 있겠어.'

강동원이 속으로 중얼거렸다. 물론 비스트 포지가 빠른 커브 사인을 내줘야 하겠지만 느린 커브에 대처하지 못한 카를로 곤잘레스라면 빠른 커브에 전혀 타이밍을 잡지 못할 것 같았다.

투구판에 발을 내디디며 강동원은 침착하게 사인을 기다렸다. 그때 비스트 포지의 손가락이 마구 움직였다.

순간 강동원의 입가를 타고 한가득 웃음이 번졌다.

'역시 포지야! 알고 있어. 내 커브를, 내가 뭘 던지고 싶어 하는지를. 마치 나의 마음을 꿰뚫어 보기라도 하는 것처럼 말이야.'

강동원의 입꼬리가 저절로 실룩거렸다. 비스트 포지는 최고의 포수라는 타이틀이 무색하지 않게 투수의 마음을 잘 알고 있는 듯 했다.

'자! 루키! 네가 원하는 것이 이거지? 맘껏 던져!'

비스트 포지의 미트가 정확하게 한가운데 위치했다. 카를로 곤잘레스를 두 번째 상대하는 상황이라면 터무니없는 사인이겠지만 첫 대결인 만큼 충분히 통할 거라 여겼다.

강동원은 씩 웃으며 천천히 글러브를 가슴에 모았다. 그리고 손가락으로 커브 그립을 말아 쥐었다.

'좋아, 간다.'

반쯤 숨을 들이켠 뒤 강동원이 비스트 포지의 미트를 향해 힘껏 공을 내던졌다.

후앗!

강동원 손을 떠나 공은 마치 패스트볼 계열처럼 빠르게 날아갔다. 포심 패스트볼만큼 빠르진 않았지만 내심 빠른 공을 기다리고 있었던 카를로 곤잘레스는 눈을 반짝거렸다.

'역시, 루키는 루키야. 내가 생각했던 대로군?'

카를로 곤잘레스가 빠르게 허리를 돌렸다. 덩달아 바람 소리를 내며 방망이가 허리를 빠져나왔다.

그런데 어느 순간 카를로 곤잘레스는 뭔가 잘못되었다는 것을 깨달았다.

패스트볼이라 여겼던 공이 생각보다 훨씬 느리게 다가오더니 마지막 순간에 뚝 하고 떨어져 버린 것이다.

'뭐, 뭐야? 커브? 이런……?'

카를로 곤잘레스는 어떻게든 공을 맞히기 위해 안간힘을 썼다. 하지만 그의 방망이는 크게 허공을 가르고 말았다.

그사이 공은 비스트 포지의 미트 속에 정확하게 들어가 있었다.

그 순간 심판이 오른손을 들어 올리며 크게 소리쳤다.

"스트라이크! 아웃!"

"크아아아아아!"

심판의 삼진 콜을 확인한 강동원이 그 자리에서 크게 포효했다.

메이저리그 첫 데뷔, 첫 타자를 상대로 첫 번째 삼진을 잡아냈다.

그것도 카를로 곤잘레스를 상대로 말이다.

비스트 포지는 포효하는 강동원을 바라보며 미소를 지었다. 그리고 그가 잡은 메이저리그 첫 번째 삼진 공을 잘 닦은 뒤 다시 더그아웃 쪽으로 던져 주었다.

-와우! 와우! 와우! 저건 뭐죠? 대체 뭘 던진 거죠?

-커브인 거 같은데요?

-커브요? 세상에 어떻게 저런 커브가 있을 수 있죠?

-슬라이더 같기도 한데…… 슬라이더보다는 빠른 커브로 보고 싶네요.

-글쎄요. 저는 아무래도 커브가 아닌 거 같은데요. 스플리터가 아닐까요?

-스플리터는 절대 아닙니다. 다시 보니 커브입니다. 커브! 강동원 선수가 가지고 있는 또 하나의 커브. 바로 그것을 던진 것입니다.

-아, 그러고 보니 강동원이 등판했을 때 이야기했었죠. 두 종류의 커브를 던진다고. 세상에! 어떻게 저렇게 빠르고 아름다운 커브가 있을 수 있는 거죠? 한복판으로 들어왔는데 카를로 곤잘레스 선수가 그야말로 꼼짝을 하지 못했습니다.

-확실히 정말 좋은 커브입니다.

중계석에서는 또다시 극찬이 쏟아졌다. 그만큼 로키스의 카를로 곤잘레스를 잡은 마지막 커브가 인상적이었다는 것이다.

전광판에도 카를로 곤잘레스를 삼진으로 잡는 모습을 여러 번 리플레이 되었다.

"와우, 저 녀석. 물건인데?"

"그러게나 말이야."

"한가운데로 던졌어. 한가운데로 던졌다고!"

"하하하하. 속이 다 시원하네."

관중석에서도 탄성이 흘러나왔다. 모든 관중의 시선이 전광판 리플레이 영상에서 떠날 줄 몰랐다.

덕분에 로키스의 4번 타자 놀란 아레나스가 슬그머니 타석에 들어섰다는 걸 눈치챈 이는 많지 않았다.

-아, 타석에 놀란 아레나스가 나왔네요.

─로키스의 4번 타자가 등장했네요.

─놀란 아레나스. 내셔널리그 타자 중에선 최고 레벨의 선수 아닙니까? 홈런왕 경쟁은 조금 더 지켜봐야겠지만 최다타점 타이틀 확보는 유력해 보이는데요.

─그렇습니다. 그런 점에서 놀란 아레나스와의 승부, 꽤나 재밌는 그림이 그려지지 않을까 예상해 봅니다.

─저도 그렇게 생각합니다. 데뷔 첫 상대였던 카를로 곤잘레스를 아름다운 커브를 던져 삼진으로 잡아낸 자이언츠의 슈퍼 루키! 미스터 강! 과연 로키스의 4번 타자 놀란 아레나스를 상대로 어떤 모습을 보여줄지 무척이나 기대가 됩니다.

중계석에서는 대단한 맞대결이라도 펼쳐지는 것처럼 호들갑을 떨어댔다.

하지만 정작 놀란 아레나스는 강동원을 상대하는 것에 대해 별다른 감흥을 느끼지 않았다.

메이저리그 4년 차. 아직 경험 많은 베테랑이라고 부르긴 어렵지만 놀란 아레나스는 카를로 곤잘레스를 밀어내고 로키스의 프랜차이즈 스타로 성장 중이었다. 그만큼 적잖은 투수를 상대해 왔다.

그중에는 강동원처럼 9월 로스터 확대의 덕을 보고 메이저리그로 올라온 선수도 많았다. 하지만 그들 중 생존경쟁에서 이겨 메이저리그에 자리를 잡는 이는 극소수에 불과했다.

'지금껏. 그리고 앞으로도 상대할 수많은 루키 중 하나일 뿐이야. 그 이상도 이하도 아니다.'

놀란 아레나스가 담담한 얼굴로 강동원을 바라봤다. 반면 강동원은 잔뜩 상기된 얼굴로 놀란 아레나스를 노려보았다.

한국에 있을 때에도 놀란 아레나스에 대한 이야기는 익히 들어 알고 있었다.

로키스의 젊은 4번 타자. 91년생으로 드래프트에서 2라운드(전체 59번)에 지명될 만큼 충분한 가능성을 인정받은 선수였다.

2013년 데뷔 시즌 때 홈런 10개로 예열을 한 뒤 이듬해 18개를 담장 밖으로 넘겨 버린 놀란 아레나스는 작년에 무려 42개의 홈런포를 쏘아 올리며 내셔널리그 홈런왕에 등극했다.

그리고 현재 2년 연속 40홈런이라는 어마어마한 기록을 바라보고 있었다.

그만큼 놀란 아레나스는 내셔널리그를 대표하는 강타자로 자리 잡은 상태였다. 게다가 더 무서운 건 놀란 아레나스의 성장은 아직도 현재 진행형이라는 사실이었다.

오른손 타자인 놀란 아레나스는 왼손 투수보다는 오른손 투수에 더 강한 면모를 보여주고 있었다. 강동원도 오른손 투수인 만큼 아무래도 긴장되지 않을 수 없었다.

'침착해야 해.'

강동원은 첫 삼진의 기쁨을 애써 억눌렀다. 그리고 길게 숨을 내쉬었다.

"후우……."

강동원의 큰 한숨 소리가 포수석까지 들렸다. 그러자 비스트 포지가 강동원에게 시간을 벌어주려는 듯 놀란 아레나스에게 말을 걸었다.

"이봐, 놀란! 우리 투수는 이제 갓 올라온 루키야. 살살 해 줘."

비스트 포지의 말에 놀란 아레나스가 피식 웃음을 흘렸다.

"농담 마, 포지."

"농담 아니야. 보라고. 저 녀석, 이제 19살밖에 안 됐어."

"19살이든 29살이든 상관없어. 난 언제나 최선을 다하니까. 루키든 베테랑이든 마운드에 서 있는 이상, 나에게는 적일 뿐이야."

놀란 아레나스가 평소처럼 딱딱하게 굴었다.

"칫, 재미없는 녀석!"

비스트 포지가 살짝 눈가를 실룩거렸다. 하기야 이 정도 트래시 토크에 흔들릴 정도였다면 2년 연속 40홈런을 정조준하지도 못했을 것이다.

비스트 포지는 다시 강동원을 보았다. 조금 시간을 벌어준 덕분일까. 강동원의 표정이 한결 편해 보였다.

'훗, 루키인데도 전혀 기죽지 않은 모습이네. 역시 재미있는 친구야.'

비스트 포지도 마스크 속에서 씩 웃어 보였다.

대게 루키라면 메이저리그 4번 타자를 상대로 잔뜩 긴장한 상태로 벌벌 떠는 게 정상이었다.

특히나 놀란 아레나스는 이름뿐인 4번 타자가 아니었다. 내셔널리그를 대표하는 최고의 강타자 중 한 명이었다.

하지만 강동원의 눈빛은 달랐다. 뭐랄까. 마치 산전수전을 다 겪은 베테랑 같은 느낌이 들었다.

'뭐, 어쨌든 배짱은 있어서 좋아. 그렇다면 초구는……'

비스트 포지는 초구에 바깥쪽으로 흘러 나가는 슬라이더를 요구했다. 그대로 볼이 되어도 좋고 놀란 아레나스가 건드려 줘도 상관없었다. 일단은 놀란 아레나스가 어떤 공을 노리고 있는지 확인해 볼 필요가 있었다.

강동원은 첫 사인을 받고 고개를 끄덕였다. 그리고 천천히 자세를 잡으며 생각했다.

'공 하나, 하나에 최선을 다해야 해. 조금만 실수해도 큰 거 한 방이야. 집중하자, 강동원!'

다시 한번 숨을 고른 뒤 강동원은 비스트 포지의 미트를 향해 힘차게 공을 던졌다.

후앗!

바깥쪽 홈 플레이트를 날아가던 공이 마지막 순간에 휘면서 더 바깥쪽으로 흘러 나갔다.

순간 놀란 아레나스가 움찔했지만 노리던 공이 아니었던지 방망이를 움직이지 않았다.

퍼엉!

비스트 포지는 재빨리 공을 잡은 후 프레이밍을 시도했다. 생각보다 강동원의 공이 아슬아슬하게 들어온 만큼 잘만 하면 스트라이크 판정을 받아낼 수도 있다고 판단했다.

하지만 심판의 목소리는 단호했다.

"보올!"

비스트 포지의 프레이밍을 눈치챈 것 같았다.

"좋아! 잘했어. 강! 좋은 공이었어. 계속 이렇게 던져!"

비스트 포지가 강동원에게 공을 던져 주며 크게 소리쳤다. 스트라이크를 받아내지 못한 게 아쉽긴 했지만 놀란 아레나스가 몸 쪽 공을 노리고 있다는 사실을 알아낸 건 확실한 소득이었다.

비스트 포지는 자리에 앉으며 마스크 사이로 힐끔 놀란 아레나스를 보았다.

'유인구를 하나 더 던져야 하나? 아니야. 일단 스트라이크

를 하나 잡아야겠어.'

비스트 포지의 시선이 다시 강동원을 보았다. 초구가 아쉽게 볼 판정을 받았음에도 강동원의 표정은 흔들리지 않았다.

'제법인데? 그렇다면 좀 더 빡빡하게 리드해도 되겠어.'

비스트 포지는 입가로 미소를 지으며 손가락을 움직였다.

손가락을 유심히 지켜보던 강동원이 고개를 끄덕였다.

'이번에는 바깥쪽 스트라이크존에 걸치는 포심 패스트볼.'

강동원이 글러브를 가슴 쪽으로 모았다.

그 모습을 지켜보던 놀란 아레나스도 까닥거리던 방망이를 멈추고 타격 자세에 들어갔다.

'초구가 볼이었으니까 이번에는 분명 스트라이크를 잡으러 들어오겠지. 날 포볼로 내보낼 생각이 아니라면 말이야.'

놀란 아레나스는 분명 스트라이크존으로 공이 들어올 거라 여겼다. 물론 한복판으로 공을 집어넣진 않겠지만 충분히 칠 만한 공이 들어올 거라 확신했다.

하지만 비스트 포지는 놀란 아레나스가 그런 생각을 하리라고 이미 예상하고 있었다. 그래서 놀란 아레나스가 충분히 칠 만한 공을 요구했다. 바깥쪽에서 공 하나 정도 빠지는 공으로 말이다.

'자, 강! 힘차게 던져! 네 공이면 놀란 아레나스의 스윙을 이겨낼 수 있을 테니까.'

비스트 포지가 단단히 미트를 들어 올렸다. 강동원도 천천히 와인드업을 한 뒤 힘 있게 공을 내던졌다.

후앗!

강동원의 손끝을 빠져나간 공이 초구와 거의 비슷한 코스로 날아들었다.

순간 놀란 아레나스의 눈빛이 반짝였다. 예상대로 스트라이크를 잡기 위해 공이 날아들었다고 판단했다.

'역시 루키는 어쩔 수 없군.'

놀란 아레나스가 씩 웃으며 방망이를 휘둘렀다. 그런데 예상했던 것과는 다르게 공이 스트라이크존을 살짝 벗어나 버렸다.

'이크!'

깜짝 놀란 아레나스가 재빨리 한쪽 팔을 쭉 뻗었다. 그 임기응변 덕분에 다행히도 공은 방망이 끝에 맞고 1루 파울 라인 밖으로 휘어져 나갔다.

꼴사나운 헛스윙은 되지 않았지만 볼카운트는 달라졌다.

원 스트라이크 원 볼.

투수와 타자, 모두가 노림수를 가질 수 있는 카운트였다.

'쳇, 스트라이크인 줄 알았는데……. 공 한 개 정도 빠지게 던진 건가.'

놀란 아레나스는 인상을 찡그리며 타석에서 벗어나 방망

이를 발로 툭툭 건드렸다. 그리곤 다시 타석에 들어서며 방망이를 몇 번 휘둘렀다.

비스트 포지는 그런 놀란 아레나스의 행동에 피식 웃었다.

'후후, 아마 제구가 이 정도로 좋으리라고는 생각하지 못했겠지. 하지만 놀라긴 이르다고, 친구. 아직 보여줄 것이 많으니까.'

비스트 포지가 실실 웃으며 강동원에게 다음 사인을 보냈다.

3구 역시 바깥쪽이었다. 하지만 빠른 공이 아니라 각이 큰 느린 커브를 요구했다.

마지막으로 비스트 포지는 글러브를 바닥까지 내리는 동작을 취했다.

'바운드가 되어도 좋아. 되도록 각이 큰 커브여야 해. 스트라이크존에 들어오면 절대 안 돼! 알았지?'

비스트 포지의 속내를 읽은 강동원이 다시 고개를 끄덕였다.

원 스트라이크 원 볼.

타자가 한 번쯤 마음먹고 방망이를 휘돌릴 수 있는 볼카운트에서 커브를 스트라이크존에 집어넣는다는 건 말처럼 간단한 문제가 아니었다.

점수 차이가 여유롭다면 모르겠지만 3 대 3이다. 큰 것 한 방이면 얼마든지 점수가 뒤집힐 수 있었다.

'좋아. 이 커브로 놀란 아레나스의 방망이를 끌어내자.'

강동원은 비스트 포지의 미트에 시선을 고정했다. 그리고 와인드업을 한 후 힘차게 공을 던졌다.

후앗!

강동원의 손끝을 빠져나간 공이 큰 각을 그리며 날아갔다. 하지만 앞선 타석에서 카를로 곤잘레스가 삼진을 당했던 게 인상 깊었기 때문일까.

놀란 아레나스는 빠른 커브라고 착각을 해버렸다.

'칠 수 있어!'

놀란 아레나스의 방망이가 평소보다 간결하게 허리춤을 빠져나왔다. 하지만 정작 공은 큰 포물선을 그리더니 포수 바로 앞에서 툭 떨어지며 바운드가 되었다.

"크윽!"

놀란 아레나스가 다급히 방망이를 멈춰 세우려 했지만 스윙 스피드를 이겨내지 못했다.

후웅!

놀란 아레나스의 방망이가 허공을 갈랐다.

비스트 포지는 무릎을 꿇으며 바운드된 공을 가슴으로 막아냈다.

"젠장할!"

놀란 아레나스가 얼굴을 일그러뜨렸다.

비스트 포지는 공의 상태를 확인 한 후 구심에게 새 공을 받아 강동원에게 던져 주었다.

"나이스 볼. 좋아, 잘했어! 계속 그렇게만 던져."

볼카운트를 확인한 강동원도 씩 웃었다.

투 스트라이크 원 볼.

원 볼에서 시작했지만 제 힘으로 투수에게 매우 유리한 볼카운트로 바꿔 놓았다.

상황이 이렇게 되자 로키스의 벤치도 웅성거리기 시작했다. 특히나 로키스의 월트 와이트 감독이 매우 흥미로운 눈으로 강동원을 응시했다.

"저 녀석 누구지? 커브가 제법인데?"

그러자 옆에 있던 톰 러너 벤치 코치가 곧바로 답을 해주었다.

"올해 한국에서 넘어온 루키입니다. 이름이 강…… 동원이라고 합니다."

"강동원?"

"한국사람 이름은 발음하기가 어려우니까요. 어쨌든 지난 세계 청소년 야구 대회에서 MVP와 최우수 투수상을 수상했습니다."

"MVP? 그 대회 우승은 미국이 한 거 아니었어?"

"미국은 바로 전 라운드에서 떨어졌습니다. 그때 마운드에 올랐던 투수가 바로 강이고요."

"그래?"

"결승전에서도 일본을 상대로 빼어난 투구를 선보이며 한국의 우승에 크게 기여했습니다. 그리고 올해 쇼케이스를 통해 자이언츠와 계약했죠."

따로 관심 있게 지켜본 선수라서일까.

톰 러너 코치는 강동원에 대해서 제법 많은 것을 알고 있었다.

"경력이 대단하군 그래. 내가 보기에는 어려 보이는데 몇 살이지?"

"19살입니다."

"뭐어? 이제 겨우 19살?"

월트 와이트 감독이 놀란 표정을 지었다. 이제 겨우 19살이라는 게 믿기지 않을 만큼 강동원의 투구가 인상적이었기 때문이다.

무엇보다 저 나이에 저 정도로 완성된 커브를 던진다는 건 거의 불가능에 가까운 일이었다.

"어떻게 된 거야, 톰. 19살이면 이야기가 다르잖아."

"……?"

"왜 우리는 몰랐지? 저 정도 투수라면 우리도 충분히 알고 있어야 정상 아니야?”

월트 와이트 감독이 스카우터를 원망하듯 투덜거렸다. 올
해 계약해 벌써 메이저리그 마운드에 오를 만한 재능이라면
로키스 스카우터들도 관심을 가졌어야 옳았다.

하지만 월트 와이트 감독은 스카우터들로부터 강동원의
이름조차 들어본 적이 없었다.

“아무래도 아시아 선수니까요.”

톰 러너 코치가 멋쩍게 웃었다. 로키스 구단의 형편상 아
시아의 유망주들까지 일일이 신경 쓸 만한 여력은 없었다.

“제길.”

월트 와이트 감독은 마치 강동원을 빼앗기기라도 한 것처
럼 한참을 아쉬워했다. 하지만 그러면서도 놀란 아레나스가
이대로 삼진당할 거란 생각은 하지 않았다.

“젠장, 이렇게 된 거 놀란이 녀석의 공을 담장 밖으로 넘
겨줬으면 좋겠는데.”

“아마 그렇게 될 겁니다.”

“그래야지. 놀란은 우리의 슈퍼스타니까.”

월트 와이트 감독은 놀란 아레나스에게 절대적인 믿음을
보여주고 있었다.

강동원이 대단한 재능을 보였다면 놀란 아레나스는 그 재
능을 만개시킨 선수였다. 91년생 어린 나이에 로키스 타선의

4번 타자 자리를 꿰찼다는 건 아무나 할 수 있는 일이 아니었다.

강동원이 아무리 탐이 난다 하더라도 놀란 아레나스와 비교할 정도는 아니었다. 그런 월트 와이트 감독의 말을 듣기라도 한 것일까. 투 스트라이크에 몰린 상황에서도 놀란 아레나스는 호락호락 물러서진 않았다.

펑!

유리한 볼 카운트에서 비스트 포지가 몸 쪽 깊숙한 체인지업을 요구했다. 놀란 아레나스를 상대로 성급하게 승부를 비스트 포지가 요구하는 곳으로 공도 날아왔다.

그러나 정작 놀란 아레나스는 꿈쩍도 하지 않았다. 매서운 눈빛으로 그 자리에 우뚝 서 있을 뿐이었다.

'하나쯤 뺄 거라고 예상했다 이거지?'

비스트 포지는 쓴웃음을 지으며 강동원에게 다시 공을 던져 주었다. 강동원도 아쉬움을 삼키듯 로진백을 툭툭 건드렸다.

투 스트라이크 투 볼.

다시 볼카운트가 균형을 되찾았다.

물론 카운트 자체만 놓고 보자면 볼을 하나 더 던질 수 있는 투수에게 조금 유리한 건 사실이었다. 하지만 정말로 그 공이 볼이 되어버린다면 투 스트라이크 쓰리 볼로 몰리게 된다.

투 스트라이크 쓰리 볼 상황에서 타자에게 사사구를 내주지 않기 위해서 투수가 선택할 수 있는 건 스트라이크를 던지는 것뿐이다. 당연하게도 수 싸움에서 타자가 훨씬 유리할 수밖에 없었다.

그래서 비스트 포지는 과감하게 이번 카운트에서 승부를 걸기로 마음먹었다.

'자, 강! 여기다!'

비스트 포지가 바깥쪽 높은 코스로 미트를 움직였다. 순간 강동원이 눈을 반짝였다.

마이너리그에 있으면서 강동원은 하이 패스트볼을 제대로 던지는 데 심혈을 기울였다.

메이저리그는 한국에 비해 스트라이크존의 상하 폭이 높았다. 게다가 동양인들보다 서양인들은 체구도 크고 파워도 남달랐다.

놀란 아레나스처럼 장타력이 검증된 강타자들을 이겨내기 위해서는 하이 패스트볼을 확실히 던질 줄 알아야 했다.

자이언츠 스카우트들이 강동원에게 예상보다 빨리 합격점을 준 것도 바로 타자들과 싸울 준비가 됐기 때문이었다.

'좋아. 누가 이기나 한번 해보자.'

강동원은 단단히 공을 움켜쥐었다. 그리고 비스트 포지의 미트를 향해 힘껏 공을 내던졌다.

후앗!

투구를 마친 상황에서도 강동원은 홈 플레이트를 향해 날아가는 자신의 공에서 눈을 떼지 않았다.

마이너리그에서 수없이 던진 공이라서일까.

이번에도 자신이 원한 곳으로 공이 정확하게 날아가고 있었다.

하지만 놀란 아레나스도 괜히 로키스의 4번 타자가 아니었다. 결코 때려내기 쉽지 않은 그 공을.

따악!

기다렸다는 듯이 때려냈다.

방망이 끝 부분에 걸린 타구가 곧장 1루 라인을 따라 날아갔다. 순간 자이언츠 1루수 브래드 벨트가 화들짝 놀라며 빠르게 날아오는 공을 향해 몸을 날렸다. 하지만 아쉽게도 타구는 글러브를 스치며 뒤로 빠져 버렸다.

"젠장!"

브래드 벨트가 안타까워했지만 1루심은 일찌감치 양팔을 들고 있었다.

브래드 벨트가 일어나며 자신의 몸에 묻은 흙을 털어냈다. 그의 파인 플레이에 관중들은 박수로 화답했다.

반면 강동원은 침착하게 숨을 골랐다.

'후우, 빠지는 줄 알았네. 그건 그렇고 그걸 밀어치다니.

역시 놀란 아레나스야.'

한 치의 군더더기도 없는 놀란 아레나스의 대응에 강동원은 혀를 내둘렀다. 마치 이 코스로 공이 들어올 거라고 예상이라도 한 것만 같았다.

하지만 정작 놀랄 일은 따로 있었다.

'허……!'

비스트 포지는 똑같은 코스로 똑같은 공을 요구한 것이다.

'비스트 포지, 살살 좀 해요.'

강동원이 씩 웃으며 힘껏 공을 내던졌다.

후앗!

강동원의 손끝을 빠져나간 공이 5구째와 똑같은 코스로 날아들었다.

당연하게도 놀란 아레나스도 방망이를 휘돌렸다.

따악!

이번에도 타구는 1루 측 파울 라인 밖으로 벗어나 관중석으로 떨어졌다.

"제법인데?"

놀란 아레나스는 방망이를 거둬들이며 강동원을 바라보았다. 그러다 강동원과 눈이 마주치자 씨익 웃음을 보였다.

마치 '어디 계속 던져 봐!'라는 듯 자신감에 가득한 눈빛이었다.

'역시 만만치 않아.'

강동원의 이마에 살짝 식은땀이 맺혔다. 아무래도 로키스 중심 타선을 상대로 계속해서 집중해서 공을 던지다 보니 체력이 상당히 소모되는 것 같았다.

바로 그때 비스트 포지의 사인이 들어왔다.

빠른 커브.

카를로 곤잘레스를 삼진으로 낚았던 그 공을 요구한 것이다.

잠시 지쳐 있었던 강동원의 눈빛이 또 한 번 반짝였다. 그는 고개를 끄덕인 후 자세를 잡았다. 그리고 있는 힘껏 공을 내던졌다.

후앗!

강동원의 손끝을 빠져나간 공이 빠르게 홈 플레이트를 향해 날아들었다.

물론 카를로 곤잘레스를 삼진으로 잡았던 한복판 코스는 아니었다. 비스트 포지가 이번에는 몸 쪽 높은 코스를 요구했다.

마치 패스트볼처럼 날아드는 공에 놀란 아레나스는 망설이지 않고 방망이를 내돌렸다.

하지만 그것도 잠시. 패스트볼이라 여긴 공은 갑자기 뚝 떨어지면서 놀란 아레나스의 방망이가 크게 허공을 갈랐다.

"뭐, 뭐야? 커브였어?"

놀란 아레나스가 깜짝 놀란 눈으로 비스트 포지를 돌아보았다. 그러자 비스트 포지가 대답 대신 글러브에 박힌 공을 재빨리 3루 쪽으로 던졌다.

"크아아아!"

강동원이 기다렸다는 듯이 함성을 내질렀다. 그렇게 강동원은 로키스가 자랑하는 카를로 곤잘레스-놀란 아레나스를 연속 삼진으로 돌려세웠다.

❷

강동원이 놀런을 삼진으로 잡고 두 주먹을 불끈 쥐는 장면이 중계 카메라에 잡혔다.

—와우! 와우! 대단합니다. 어떻게 저럴 수가 있죠? 저 루키! 정말 배짱이 기가 막힙니다.

—말도 나오지 않습니다. 어떻게 저런 공을 던질 수가 있죠? 그것도 루키가! 놀란 아레나스! 완전 허탈한 표정입니다! 타자들이 강동원의 커브에 전혀 반응하지 못하고 있습니다.

—강동원 선수, 오늘이 정말 메이저리그 데뷔전이 맞나요? 제가 모르는 사이 몇 경기 등판했던 건 아닐까요?

—저도 그런 생각이……. 아! 놀란 아레나스, 결국 분을 못

참고 방망이를 집어 던지네요!

—아, 프로 선수가 저러면 안 되죠. 중계를 보고 있는 어린 팬이 많다는 걸 기억할 필요가 있습니다.

—어쨌든 저는 강동원의 팬이 되어버렸습니다.

—저 역시 마찬가지입니다. 저 대단한 루키의 투구를 계속해서 지켜보고 싶네요.

중계진은 계속해서 강동원의 투구를 칭찬했다.

그사이 타석에 5번 타자 데이브 달이 등장했다. 데이브 달은 장타력은 조금 부족하지만 공을 맞히는 재주는 좋은 그런 선수였다. 현재까지 3할 초반대의 높은 타율을 기록하고 있었다.

비스트 포지도 데이브 달이 공을 맞혀내는 재주가 좋다는 걸 잘 알고 있었다. 그래서 최대한 아슬아슬한 코스의 공을 요구할 생각이었다.

'뭐 강이라면 잘 따라와 주겠지.'

마운드에 선 강동원에게 눈을 돌리며 비스트 포지가 씩 웃었다. 그러고는 천천히 손가락을 움직였다.

'자, 강! 이번에는 몸 쪽 걸치는 포심 패스트볼이다.'

사인을 확인한 강동원이 단단히 고개를 끄덕였다. 그리고 비스트 포지의 미트를 향해 힘차게 초구를 던졌다.

그런데 어깨에 힘이 들어갔는지 비스트 포지가 원하는 것보다 몸 쪽으로 공 두 개 정도 깊숙이 들어와 버렸다. 오죽했으면 데이브 달이 화들짝 놀라며 몸을 뒤로 뺄 정도였다.

'아, 이런……'

강동원이 눈살을 찡그렸다. 아무래도 연속으로 삼진을 잡아서 그런지 자신도 모르게 어깨에 힘이 들어간 모양이었다.

"괜찮아, 강. 침착해."

비스트 포지는 공을 던져 주고 곧바로 진정하라는 제스처를 보냈다.

강동원도 냉큼 고개를 끄덕이고는 들뜬 마음을 가라앉혔다.

몸을 돌려 마운드를 내려간 강동원은 글러브를 벗어 옆구리에 끼운 채 공을 두 손으로 팍팍 문질렀다.

"정신 차려. 여긴 메이저리그야. 고작 연속 삼진을 잡았다고 들뜨면 안 된다고."

강동원은 그렇게 혼잣말을 중얼거리며 크게 심호흡을 했다. 그렇게 충분히 호흡을 고른 다음에 다시 마운드에 올랐다.

그 모습을 지켜보던 자이언츠 코칭스태프들이 저마다 입가에 미소를 그렸다.

"저 친구, 재밌네요."

"그러게 말입니다. 어린 선수가 참 침착합니다."

코치들의 말에 브루스 보체 감독도 동의하듯 고개를 끄덕였다.

"확실히 루키인데 루키 같지 않은 모습이야."

브루스 보체 감독의 시선이 강동원에게 향했다.

그 순간.

촤라랏!

강동원이 힘차게 공을 던졌다.

후앗!

강동원의 손끝을 빠져나간 공이 곧장 홈 플레이트 바깥쪽을 파고들었다.

데이브 달이 반사적으로 방망이를 휘둘러 봤지만.

퍼엉!

묵직한 포구 소리가 먼저 울렸다.

"와우."

브루스 보체 감독의 입에서 나직한 탄성이 흘러나왔다.

전광판에 찍힌 구속은 97mile/h(≒156.1㎞/h).

그야말로 꽉 차게 들어온 포심 패스트볼이었다.

"젠장! 젠장!"

헛스윙을 한 데이브 달이 욕을 내뱉었다.

그것을 들은 비스트 포지가 씩 웃었다.

"달, 침착해. 고작 루키의 공이야. 이런 걸 헛스윙하면 쓰나."

"입 닥쳐, 포지!"

앞선 타자들이 줄줄이 삼진을 당한 것을 지켜봐서일까.

데이브 달이 격한 반응을 드러냈다. 그러자 비스트 포지가 기다렸다는 듯이 데이브 달을 도발했다.

"워워, 열 받지 마! 달. 어쩌다 운 좋게 하나 들어온 것뿐이니까. 그렇다고 우리 루키를 너무 무시하지는 말라고. 그러다 너도 삼진을 당할지 모르니까."

"크으읏! 조용히 하라고 했다."

"아직도 화가 난 거야? 좋아. 이번에도 좋은 코스로 공을 줄 테니 어디 한번 쳐 봐."

"이 자식이!"

비스트 포지가 깐족거리자 데이브 달도 참지 못하고 고개를 돌렸다. 그러자 뒤에 있던 구심이 입을 열었다.

"두 사람, 그쯤 하지."

"네, 저도 그만할 생각이었습니다."

"크으!"

매서운 눈으로 비스트 포지를 노려보던 데이브 달이 고개를 돌려 강동원을 응시했다. 그사이 비스트 포지가 곧바로 사인을 보냈다.

비스트 포지는 3구 역시 바깥쪽으로 요구했다. 구종은 2구째와 같은 포심 패스트볼. 잔뜩 약이 오른 데이브 달의 평정심을 이 공 하나로 완전히 무너뜨릴 생각이었다.

비스트 포지의 속내를 읽은 강동원도 한 치 오차도 없이 똑같은 코스로 공을 던졌다. 그러자 데이브 달의 방망이가 또다시 돌아갔다.

따악!

이번에는 데이브 달이 강동원의 공을 맞혔다. 그러나 방망이의 위쪽을 스치며 맞았다.

"젠장!"

스윙을 한 데이브 달의 표정이 좋지 않았다. 바깥쪽 포심 패스트볼 두 개 때문에 원 볼이던 볼 카운트가 투 스트라이크 원 볼로 바뀐 상태였다.

"이제 뭘 던져서 달을 낚아 볼까나?"

비스트 포지가 미트를 고쳐 끼우며 장난스럽게 중얼거렸다. 그 말에 데이브 달이 움찔했지만 이를 꽉 깨물고는 대꾸하지 않았다. 비스트 포지의 심리전에 말려들어서 좋을 게 없다고 판단한 것이다.

'내 말을 무시하기에는 너무 늦은 거 같은데?'

비스트 포지가 데이브 달을 힐끔 바라본 뒤 손가락을 움직였다.

'계속 승부를 걸면 위험하니까 하나 정도는 빼볼까?'

비스트 포지는 4구째 바깥쪽으로 가라앉는 체인지업을 요구했다. 사인을 확인한 강동원은 군말 없이 고개를 끄덕였다. 그러고는 곧장 비스트 포지의 미트를 향해 공을 던졌다.

후앗!

강동원의 손끝을 빠져나간 공이 포심 패스트볼처럼 바깥쪽으로 향했다. 그러다 마지막 순간에 뚝 하고 떨어져 내렸다.

데이브 달이 움찔했지만 방망이는 나가지 않았다. 체인지업을 골라냈다기보다는 바깥쪽 코스로 또다시 공이 들어올 거라고 예상하지 못한 것 같았다.

그렇게 힘겹게 체인지업을 골라낸 데이브 달이 타석에서 벗어났다.

"후우……!"

데이브 달은 긴 숨을 토해냈다.

까다로운 공을 잘 참아냈다는 안도감은 크지 않았다. 그보다는 루키이지만 강동원의 제구력과 무브먼트에 적잖게 놀란 반응이었다.

'확실히 카를로 곤잘레스와 놀란 아레나스를 삼진으로 잡아낼 만해.'

데이브 달은 경계 어린 눈으로 강동원을 바라보았다. 그리고 장갑을 고쳐 끼며 방망이를 다시 잡아들었다.

그사이 중계진들이 강동원 투구에 매료되어 연신 감탄을 자아내고 있었다.

—미스터 강, 커브 말고도 좋은 체인지업을 던지네요. 도 대체 저 선수 못하는 게 뭡니까?

—그나마 데이브 달이 잘 골라낸 겁니다. 만약 다른 타자 들이었다면 분명히 휘두르고도 남았을 공이에요.

—그건 인정합니다. 제가 봐도 데이브 달이 잘 참아냈습니 다. 이런 점은 확실히 칭찬해 줘야죠.

—하지만 아직 볼카운트는 투 스트라이크 투 볼입니다. 데 이브 달, 조금 더 집중해야 합니다.

—그렇다고 루키인 강동원에게 무작정 유리한 상황이라고 보기도 어려울 것 같습니다. 이런 상황에서 투수들이 승부구 를 던지는데 그게 좋은 결과로 이어지는 경우가 많지 않으니 까요.

—확실히 옳은 지적입니다. 투 스트라이크 투 볼이 주는 중압감 때문에 프로 선수도 종종 실수하니까요.

—하지만 어쨌든 자이언츠의 슈퍼 루키 강동원, 정말 기대 가 되는 투수입니다. 앞선 두 타자 상대할 때도 정말 좋은 모 습 보여줬거든요.

—그 점은 저도 마찬가지입니다. 강이 어떻게 나올지 정말 궁금해집니다.

중계석에서 강동원의 투구에 대해 호평을 쏟아내는 가운

데 타석에 선 데이브 달은 승부구가 들어올 것이라고 예상했다.

'분명 앞선 타석에 던졌던 커브가 들어올 거야. 그래, 그것을 노리면 돼!'

하지만 비스트 포지도 바보가 아니었다. 아무리 강동원의 커브가 좋다고 해도 상대는 메이저리그 타자였다. 예상하고 있는 공을 던질 경우 맞을 확률은 그만큼 높아질 수밖에 없었다.

'보나마나 커브를 노리겠지. 그렇다면……!'

여기서 비스트 포지의 눈빛이 바뀌었다. 승부구를 변화구가 아닌 빠른 공으로 선택했다.

사인을 확인한 강동원이 살짝 놀란 표정을 지었지만 이내 고개를 끄덕였다. 비스트 포지의 요구라면 그럴 만한 이유가 충분하다고 믿었다.

'자자, 강! 긴장하지 말고 확실히 던져! 이 코스라면 분명 따라 나올 거야.'

비스트 포지가 살짝 일어나 데이브 달의 옆구리 쪽으로 미트를 가져갔다. 강동원은 비스트 포지의 미트 위치를 똑바로 노려보며 힘껏 공을 던졌다.

후앗!

강동원의 손끝을 빠져나간 공이 곧장 데이브 달의 몸 쪽으로 날아왔다. 그러자 데이브 달이 반사적으로 반응했다.

따악!

데이브 달의 방망이와 공이 한 점에서 만났다.

하지만.

"젠장할!"

방망이가 공의 밑 부분에 걸리면서 타구가 높이 뜨고 말았다. 강동원의 구위에 완벽하게 눌려 버리고 만 것이다.

"플라이 볼!"

강동원은 공이 뜬 것을 보고 높이 손을 들었다. 그러자 2루수 조 페인이 두 팔을 휙휙 휘저으며 달려왔다.

"내가 잡을게!"

조 페인은 마운드 근처까지 다가와 침착하게 타구를 처리했다.

"크으으!"

허무하게 아웃이 된 데이브 달이 방망이를 내던지며 울분을 토해냈다.

메이저리그 첫 데뷔 무대에서 강동원은 로키스 중심 타선을 삼자범퇴로 깔끔하게 막고 유유히 마운드에서 내려왔다.

당연하게도 관중석에서는 뜨거운 함성과 함께 박수 소리가 들려왔다.

"와아아아아! 최고다! 루키!"

"잘했어! 루키! 정말 잘했어!"

"강! 널 기억하겠어!"

강동원이 더그아웃으로 돌아오자 브루스 보체 감독을 비롯해 선수들이 강동원을 격하게 반겨주었다.

"잘했어! 강!"

"짜식, 떨지도 않던데?"

"뭐야, 루키가 올라오자마자 이런 투구를 보여주면 곤란하단 말이야."

"너 정말 19살 맞는 거야?"

자이언츠 선수들은 너 나 할 것 없이 강동원의 활약을 반겼다. 포스트시즌이 코앞인 상황에서 자이언츠의 월드시리즈 우승에 도움이 될 수 있는 선수라는 걸 본능적으로 느낀 것이다.

저만치 구석에 앉아 있던 자이언츠의 에이스 메디슨 범가드너도 모처럼만에 엉덩이를 들어 올렸다.

"이봐, 강!"

메디슨 범가드너는 휘적휘적 걸음을 옮겨 강동원에게 다가갔다. 그리고 보란 듯이 주먹을 내밀었다.

"범가드너!"

강동원도 환하게 미소를 지으며 메디슨 범가드너에게 다가가 제 주먹을 툭 부딪쳤다.

"멋진 투구였다."

"고마워요, 범가드너."

"고맙긴. 오히려 수준 있는 투구를 보여줘서 내가 고맙다."

메디슨 범가드너가 씩 웃고는 제자리로 돌아갔다.

하지만 강동원은 한참 동안 그 자리에서 움직일 수가 없었다. 메디슨 범가드너의 한마디가 강동원의 가슴을 울렸기 때문이다.

'메디슨 범가드너가…… 날 칭찬해 줬어!'

빈자리에 주저앉으며 강동원은 두근거리는 가슴을 진정시켰다. 메이저리그 첫 등판이라는 사실에 긴장되었던 마음이 이제 좀 풀어지는 것 같았다.

§

강동원이 마운드에서 내려온 뒤 6회 말 샌프란시스코 자이언츠의 공격이 시작되었다.

가장 먼저 타석에 들어선 건 1번 타자 다나드 스팬.

다나드 스팬은 초구에 바깥쪽을 파고드는 스트라이크를 지켜본 후 2구째 비슷하게 들어오는 볼을 침착하게 걸러냈다.

3구째 몸 쪽으로 떨어지는 체인지업에 헛스윙을 했지만 4구째 바깥쪽 높은 볼을 참은 뒤 5구째 몸 쪽으로 휘어지는 슬라이더에 힘껏 방망이를 내돌렸다.

하지만.

파앗!

손잡이 부분에 공이 걸리면서 방망이가 두 동강이 나 버렸다. 게다가 먹힌 타구는 힘없이 2루수 디제이 로메유의 정면으로 굴러갔다.

그렇게 다나드 스팬이 2루 땅볼로 물러나고 2번 타자 아르헨 파건이 타석에 들어섰다.

아르헨 파건은 침착하게 투수의 공을 지켜보았다. 그리고 5구만에 사사구를 얻어내 1루로 걸어 나갔다.

원 아웃에 주자가 1루에 나가자 브루스 보체 감독이 슬쩍 운을 뗐다.

"강을 조금 더 끌고 가볼 생각인데 어떤가?"

브루스 보체 감독의 시선이 론 워스트 벤치 코치에게 향했다. 그러자 론 워스트 코치가 고개를 살짝 갸웃거렸다.

"강이 잘 던지긴 했지만…… 오늘은 1이닝만 맡기기로 하지 않았습니까? 또 그렇게 말해두었고요."

"그렇지. 하지만 강의 투구를 조금 더 지켜보고 싶어."

"이제 갓 메이저리그에 올라온 루키입니다. 첫 등판에서 좋은 기억을 간직할 수 있도록 다음번에 투입하는 게 좋지 않겠습니까?"

"그것도 나쁘진 않겠지. 하지만 나뿐만이 아니라 관중들도 강을 더 보고 싶을 거야. 게다가 하위 타순으로 이어지지 않는가."

"흠…… 그렇게까지 말씀하신다면 가서 의사를 물어보겠습니다."

"그래, 알았네."

브루스 보체 감독과 얘기를 마친 론 워스트 코치가 강동원 있는 곳으로 걸어갔다. 그러자 곧바로 통역사가 옆에 붙었다.

"강, 6회 초는 잘 막아주었네."

"감사합니다."

"아주 인상 깊었어. 그래서 말인데……."

"……?"

"1이닝 더 던질 수 있겠나?"

강동원은 통역사를 통해 론 워스트 코치의 질문을 다시 한 번 확인했다. 그리고 자신이 제대로 이해했다는 사실을 확인하고서야 활짝 웃으며 고개를 끄덕였다.

"물론입니다."

"정말 괜찮겠나?"

"끄떡없습니다."

솔직히 강동원도 한 이닝만 던지고 내려가기에는 아쉬움이 남았다. 그런데 1이닝을 더 던지라고 하니 마다할 이유가 없었다.

"알겠네. 그럼 잘 부탁하네."

론 워스트 코치가 강동원의 어깨를 가볍게 두드리고는 브루스 보체 감독에게 오케이 사인을 보냈다. 브루스 보체 감독이 씩 웃으며 강동원 쪽으로 고개를 돌렸다.

때마침 강동원도 브루스 보체 감독 쪽을 바라보고 있었다. 그러자 브루스 보체 감독이 피식 웃으며 엄지손가락을 올려주었다.

강동원은 살짝 놀란 표정이 되며 자리에서 일어나 허리를 숙였다. 하지만 정작 당사자인 브루스 보체 감독은 고개를 갸웃했다. 그러고는 이내 고개를 돌려 구장을 바라보았다.

강동원은 머쓱한 얼굴로 자리에 앉았다. 그러자 옆에 있던 통역사가 말했다.

"강! 대한민국에 있는 것처럼 그렇게 하지 않아도 괜찮아. 여기에서는 그런 인사하는 예의를 잘 몰라."

"아, 그런가요?"

"그냥 고개만 끄덕여도 괜찮아. 건방지다고 생각하지 않아도 좋아. 여긴 미국이니까."

"그렇군요."

"그래도 나중에 내가 따로 감독님께 강의 고마움을 전할게."

"그럼 부탁 좀 드릴게요."

강동원은 약간 어색한 웃음을 지으며 주변을 두리번거렸다. 통역사의 말처럼 여러 선수가 자유로이 서 있고, 얘기를 나누고 있었다.

확실히 강동원이 알고 있던 대한민국 야구의 더그아웃과는 사뭇 풍경이 달랐다. 너무나도 자유스러워 마치 모두가 친구처럼 느껴졌다.

상하 관계가 엄격한, 선후배 같은 느낌은 들지 않았다.

'그래. 이런 게 바로 메이저리그지.'

강동원은 이런 모습들이 너무나도 좋았다. 하지만 그 분위기를 즐기기도 전에 더그아웃이 어수선하게 변했다.

사사구를 걸러 나간 아르헨 파건에 이어 타석에 들어선 3번 타자 비스트 포지가 초구를 건드려 유격수 땅볼로 이어진 것이다.

잘 맞았지만 유격수 트레버 스토어가 침착하게 공을 걷어내면서 결국 트레버 스토어-디제이 로메유-마이크 레이놀스로 이어지는 더블플레이가 만들어졌다.

"크아아아아!"

"젠장할!"

그렇게 자이언츠의 6회 말 공격이 아쉽게 끝이 났다. 그리고 예정대로 강동원이 글러브를 챙겨 마운드로 향했다.

교체될 줄 알았던 강동원이 마운드에 서자 관중들이 큰 목소리로 환호했다. 벌써부터 팬이라도 생긴 듯 여기저기서 휘파람 소리까지 들려왔다.

"진정하자, 강동원. 흥분하면 안 돼."

강동원은 침착한 얼굴로 마운드에 올라섰다. 타석에는 로키스의 6번 타자 팀 머피가 매서운 표정으로 강동원을 기다리고 있었다.

'고작 루키 따위에게 로키스가 당할 수는 없지.'

팀 머피는 강동원에게 꼼짝 못한 중심 타자들의 복수를 하겠다며 이를 갈았다.

그런 의지를 느낀 것일까. 비스트 포지도 초구에 바깥쪽에 걸쳐 들어오는 포심 패스트볼을 요구했다.

"후우⋯⋯."

길게 숨을 고르며 강동원이 고개를 끄덕였다. 그리고 비스트 포지의 미트를 향해 힘차게 공을 던졌다.

퍼엉!

바깥쪽으로 낮게 깔려 들어간 공이 비스트 포지의 미트를 흔들어 놓았다. 비스트 포지도 자신이 원하는 대로 공이 들어오자 절로 고개를 끄덕거렸다.

하지만 낮았다고 판단한 것일까.

구심은 좀처럼 스트라이크를 선언하지 않았다.

'이럴 줄 알았으면 조금 끌어올리는 건데.'

비스트 포지가 살짝 쓴웃음을 지었다. 그러고는 2구째 몸 쪽 공 사인을 냈다.

구종은 변형 커브.

강동원은 이번에도 군말 없이 고개를 끄덕였다.

후앗!

강동원의 손끝을 빠져나간 공이 패스트볼처럼 팀 머피의 몸 쪽을 파고들었다.

그러자 팀 머피도 기다렸다는 듯이 방망이를 휘돌렸다.

'느리다! 잡을 수 있어!'

팀 머피는 강동원이 스트라이크에 대한 부담감 때문에 제대로 공을 채지 못했다고 여겼다.

하지만 정작 공은 마지막 순간에 기이한 변화를 일으키더니.

"……!"

팀 머피의 스윙 궤적을 피해 뚝 하고 떨어져 버렸다.

"뭐, 뭐야?"

팀 머피가 깜짝 놀라 비스트 포지를 돌아봤다. 하지만 비스트 포지는 씩 웃기만 할 뿐 아무런 대답도 주지 않았다.

"젠장할!"

뒤늦게 자신이 강동원의 변종 커브에 당했다는 사실을 알아챈 팀 머피가 입술을 질근 깨물었다. 그러고는 두 번 당하지 않겠다며 방망이를 짧게 움켜쥐었다.

'그렇다면…….'

팀 머피를 힐끔 바라본 뒤 비스트 포지가 바깥쪽으로 흘러나가는 슬라이더를 요구했다.

변종 커브의 종적인 움직임이 머릿속에서 떠나지 않을 테니 이번에는 횡적인 움직임을 줘서 팀 머피를 더욱 혼란스럽게 만들 생각이었다.

사인을 확인한 강동원도 단단히 고개를 끄덕였다. 그리고 비스트 포지의 미트를 향해 힘차게 공을 내던졌다.

후앗!

강동원의 손에서 빠져나간 공이 바깥쪽을 파고들자 팀 머피가 움찔 어깨를 떨었다. 하지만 그뿐. 유인구일 거라고 판단한 듯 방망이를 내밀지는 않았다.

퍼억!

마지막 순간에 비스트 포지가 미트를 스트라이크존 안쪽으로 밀어 넣었다. 그러나 구심의 팔은 올라가지 않았다.

"괜찮아. 잘했어."

비스트 포지가 고개를 끄덕이며 강동원에게 공을 돌려주었다. 비록 볼이 되긴 했지만 팀 머피의 머릿속은 충분히 복잡해졌을 거라 확신했다.

그러나 팀 머피도 그리 만만한 타자는 아니었다.

따악!

4구째 몸 쪽 포심 패스트볼을 잡아당겨 파울.

따악!

5구째 몸 쪽 높은 포심 패스트볼을 잡아당겨 파울.

투 스트라이크 투 볼 상황에서 바깥쪽으로 흘러 나간 6구째 커브를 지켜보며 투 스트라이크 쓰리 볼을 만들어냈다.

"후우……."

강동원이 길게 한숨을 내쉬었다. 승부구로 던진 커브가 살짝 빠지면서 풀카운트로 몰린 게 부담스럽기만 했다.

하지만 강동원은 물러설 생각이 없었다. 도망칠 생각도 없었다.

'질 순 없어.'

강동원이 이를 악물며 다음 사인을 기다렸다. 그러자 비스트 포지가 바깥쪽으로 흘러 나가는 체인지업을 요구했다.

코스는 낮은 쪽.

팀 머피가 이번에도 걸러낸다면 사사구로 1루에 내보내야 하는 상황이었다.

그러나 강동원은 주저 없이 고개를 끄덕였다.

'아슬아슬하게만 붙여 넣으면 분명 스트라이크라고 생각할 거야.'

강동원은 자신이 루키라는 사실을 잊지 않았다. 풀카운트에 몰린 루키 투수라면 열에 아홉은 유인구보다는 스트라이크존에 공을 집어넣으려고 할 터. 팀 머피도 당연히 그렇게 여길 거라고 생각했다.

'침착하게. 흥분하지 말고.'

다시금 길게 숨을 고른 뒤 강동원이 비스트 포지의 미트를 향해 힘껏 공을 내던졌다.

후앗!

공은 비스트 포지가 요구한 곳으로 날아들었다. 그리고 예상대로 팀 머피의 방망이도 끌려 나왔다.

그런데.

따악!

방망이를 짧게 쥔 덕인지 방망이 끝 부분에 공이 걸리고 말았다.

'젠장! 또 커트야?'

강동원이 미간을 찌푸리며 팀 머피를 노려보았다.

하지만 당사자인 머피는 타석에서 벗어나 방망이만 몇 번 휘두를 뿐이었다.

비스트 포지도 살짝 짜증이 났지만 강동원을 진정시켰다.

'진정해, 강. 보아하니 어지간한 공은 전부 다 커트할 생각인 거 같아. 그렇다면 과감하게 승부하자고.'

비스트 포지가 신중하게 사인을 보냈다.

코스는 몸 쪽 낮은 곳.

구종은 포심 패스트볼.

노리지 않고서는 걷어내기조차 쉽지 않을 공이었다.

강동원은 고개를 끄덕이며 자세를 취했다. 그리고 길게 숨을 내쉰 뒤 있는 힘껏 던졌다.

후앗!

강동원의 손끝을 빠져나간 공이 홈 플레이트를 향해 일직선으로 날아들었다. 그러자 팀 머피가 기다렸다는 듯이 방망이를 휘둘렀다.

하지만 강동원이 전력을 다해 던진 공은 마지막 순간에 쭉 뻗어 오르더니 팀 머피의 스윙보다 한발 앞서서 홈 플레이트 위를 스쳐 지나갔다.

퍼엉!

묵직한 포구 소리가 허공에 울려 퍼졌다.

"스트라이크 아웃!"

구심이 길고 긴 승부의 종지부를 찍었다.

"후우……."

힘겹게 팀 머피를 삼진으로 돌려 세운 강동원이 길게 숨을 내쉬었다. 그 모습을 지켜보던 데이브 라이트 투수 코치가 심각한 표정으로 브루스 보체 감독에게 말했다.

"감독님, 강의 투구 수가 늘어났습니다. 지금 바꾸시는 것이 좋을 것 같습니다."

"지금 몇 구째지?"

"이번 이닝 때 8구를 더해서 총 25구째입니다."

이제 막 메이저리그에 올라온 불펜 신인 투수치고는 많이 던진 편이었다. 하지만 브루스 보체 감독은 강동원이 또 삼진 잡아냈다는 사실에 흥분을 감추지 못했다.

게다가 본래 강동원은 마이너리그에 있을 때도 선발 투수로서 활약해 왔다. 투구 수가 예상보다 늘어나긴 했지만 오늘 경기 이후로 충분한 휴식을 준다면 큰 문제는 없을 것이라 판단했다.

"일단 한 타자만 더 지켜보자고."

"감독님."

"한 타자만 더. 정말로 구위가 떨어졌다면 바로 티가 나겠지."

"알겠습니다."

데이브 라이트 투수 코치가 이내 한발 물러났다. 강동원의 투구 수가 신경 쓰이긴 했지만 선수 교체는 감독의 고유 권한이었다.

마운드에 서 있던 강동원은 소매로 이마에 흐르는 땀을 훔쳤다. 첫 타자를 상대로 8구까지 가는 접전을 펼쳤으니 힘이

드는 건 어쩔 수 없었다.

하지만 강동원은 로진 가루를 힘껏 움켜쥐며 마음을 다잡았다.

'괜찮아. 아직은 더 던질 수 있어.'

강동원이 투구판을 힘껏 밟았다. 로키스의 일곱 번째 타자는 트레버 스토어였다.

까다로운 타자가 타석에 들어오자 비스트 포지가 조심스럽게 손가락을 움직였다.

'강! 바깥쪽 슬라이더! 공 하나 정도 빠지게.'

비스트 포지가 미트를 들어 올렸다. 강동원은 망설이지 않고 비스트 포지가 원하는 곳으로 힘껏 공을 던졌다.

후앗!

강동원의 손끝을 빠져나간 초구가 바깥쪽에 아슬아슬하게 걸쳐 들어갔다. 하지만 트레버 스토어는 유인구가 날아들 거라 예상이라도 한 것처럼 눈 하나 꿈쩍하지 않았다.

강동원은 이어 2구째 포심 패스트볼을 몸 쪽에 붙여 넣었다. 스트라이크존에 반쯤 걸쳐 들어가는 공이었다.

'볼이야.'

타격 자세를 취하려던 트레버 스토어는 이번에도 방망이를 거두었다. 하지만 정작 구심은 스트라이크를 선언했다.

"쳇."

트레버 스토어가 미간을 찌푸리며 방망이를 고쳐 잡았다.

원 스트라이크 원 볼.

투수와 타자 모두 승부를 걸 수 있는 볼카운트였다.

긴장되는 상황 속에서 강동원−비스트 포지 배터리가 선택한 3구는 바깥쪽으로 형성되는 커브.

비스트 포지는 이 공 역시 스트라이크와 볼의 경계선상으로 던져 주길 바랐다.

후앗!

강동원의 손끝을 빠져나간 공이 큰 포물선을 그리며 바깥쪽 꽉 차게 들어갔다. 트레버 스토어가 한발 늦게 방망이를 휘둘러봤지만 공을 맞혀내는 데는 실패했다.

투 스트라이크 원 볼.

볼카운트가 강동원에게 유리해졌다.

'좋아, 그렇다면 이제 슬슬 약을 올려볼까?'

비스트 포지는 4구째 바깥쪽 낮은 코스의 포심 패스트볼을 요구했다. 머릿속에 뚝 떨어지는 커브의 궤적이 남아 있을 테니 어쩌면 트레버 스토어의 방망이가 끌려 나올지도 모른다고 여겼다.

후앗!

강동원의 손끝에서 새하얀 공이 빠져 나오자 비스트 포지의 바람대로 트레버 스토어가 방망이를 내돌렸다.

따악!

방망이 끝에 걸린 타구가 그대로 백네트 쪽으로 넘어갔다.

"괜찮아. 잘했어."

비스트 포지는 아쉬워하는 강동원을 독려했다. 본래 중심 타선에서 힘을 받쳐 주는 역할을 해왔던 트레버 스토어다. 투구 수를 아낀다고 무리하게 승부를 걸었다간 큰 걸 얻어맞을 수 있었다.

비스트 포지는 다시 한번 바깥쪽 유인구를 요구했다.

구종은 변형 커브.

포심 패스트볼처럼 날아들다가 마지막에 뚝 하고 떨어지는, 강동원이 던질 수 있는 가장 위력적인 결정구였다.

사인을 확인한 강동원은 단단히 고개를 끄덕였다. 그리고 트레버 스토어를 삼진으로 잡아내겠다는 일념으로 힘차게 공을 던졌다.

하지만.

따악!

이번에도 트레버 스토어는 파울 타구를 만들어냈다. 커브가 변화를 일으키기 전에 먼저 빠른 스윙으로 걷어내 버린 것이다.

"후우……."

트레버 스토어의 입에서 가쁜 숨이 흘러나왔다. 그러자 비스트 포지가 바깥쪽 높은 코스를 요구했다.

'이걸로 끝내자, 강.'

구종은 역시나 포심 패스트볼이었다.

'좋아요, 포지.'

사인을 확인한 강동원이 고개를 끄덕였다. 그리고 비스트 포지의 미트를 향해 힘차게 공을 던졌다.

후앗!

바람 소리와 함께 날아간 공이 트레버 스토어의 몸 쪽을 파고들었다. 트레버 스토어가 지지 않고 방망이를 내돌려 봤지만.

퍼엉!

시원시원한 타격음 대신 묵직한 포구음이 울려 퍼졌다.

"스트라이크 아웃!"

두 타자를 연속 삼진으로 잡아낸 강동원은 땀을 훔치며 가쁜 숨을 몰아쉬었다.

데이브 라이트 투수 코치는 재빨리 투구 수를 체크했다. 트레버 스토어를 상대로 6개를 더 던지면서 투구 수가 31구가 됐다.

냉정하게 판단했을 때 이제는 바꿔야 할 타이밍이었다.

"이제 충분합니다. 교체를 해야 합니다."

데이브 라이트 코치가 브루스 보체 감독을 바라보며 말했다. 하지만 브루스 보체 감독은 이번에도 고개를 저었다.

"이제 아웃 카운트가 하나 남았잖아. 강에게 이번 이닝을 그냥 맡겨보자고."

"감독님, 강의 투구 수가 벌써 30구가 넘었습니다."

"알아. 한 타자만이야. 안타나 볼넷을 내주면 바로 교체하도록 하지. 그럼 됐지?"

"하아……."

데이브 라이트 코치는 브루스 보체 감독의 강경한 태도에 무겁게 한숨을 내쉬었다. 이런 식의 즉흥적인 투수 운용은 브루스 보체 감독의 스타일과 거리가 있었다.

브루스 보체 감독도 데이브 라이트 코치의 조언을 들어야 한다는 사실을 모르지 않았다.

하지만 마운드에 서 있는 강동원을 보고 있자면 심장이 뜨거워졌다. 강동원의 투구는 모든 것을 매료시키는 무언가가 있었다.

'자, 강. 마지막 타자도 한번 잡아내 보라고!'

브루스 보체 감독의 기대 속에 타석에 로키스의 8번 타자 마이크 레이놀스가 들어왔다.

'볼카운트가 몰리면 힘들겠어.'

마이크 레이놀스는 초구부터 적극적으로 타격에 임했다.

따악!

초구 몸 쪽을 파고드는 포심 패스트볼은 파울로 걷어냈다.

퍼억!

2구째 바깥쪽으로 흘러 나가는 슬라이더는 그냥 지켜만
보았다.

따악!

3구째 바깥쪽으로 빠른 공이 들어오자 마이크 레이놀스가
기다렸다는 듯이 방망이를 내돌렸다.

하지만 포심 패스트볼처럼 날아들다가 마지막 순간에 살
짝 가라앉은 공은 방망이 끝에 걸려 버렸다.

그렇게 타구가 1루 파울 라인 밖으로 휘어져 나가며 파울
이 됐다.

'젠장, 몰리다니!'

볼카운트가 투 스트라이크 원 볼이 되자 마이크 레이놀스
는 마음이 급해졌다. 다음 구에서 까다로운 커브볼이 날아든
다면 상대하기 어려울 것 같았다.

"후우……."

강동원도 길게 숨을 내쉬며 투구판을 밟았다.

비스트 포지의 사인은 몸 쪽을 파고드는 포심 패스트볼.

마이크 레이놀스의 머릿속에 커브가 있을 테니 힘으로 밀
어붙이자는 이야기였다.

'좋아.'

비스트 포지의 미트를 향해 강동원이 이를 악물고 공을 내던졌다. 하지만 바람과는 달리 공은 몸 쪽에 공 하나 정도 빠지게 들어가 버렸다.

마이크 레이놀스도 허리를 뒤로 쭉 빼내며 과장되게 몸을 피했다.

투 스트라이크 투 볼.

볼 카운트가 다시 복잡하게 변했다.

"긴장하지 말자, 강동원."

이마에 흐르는 땀을 닦아내며 강동원이 나직이 중얼거렸다. 5타자를 상대하는 동안 전력투구를 했기에 체력 소모가 상당했다. 특히나 메이저리그 강타자들을 상대하려면 고도의 집중력이 필요했다.

'강! 아직 지쳐선 안 돼! 정신 차려!'

강동원이 힘들어하는 모습을 보이자 비스트 포지가 자리에서 일어나 미트를 힘껏 두드렸다. 그리고 5구째 또다시 승부구를 요구했다.

코스는 몸 쪽.

구종은 포심 패스트볼.

스트라이크존 가장 높은 곳을 꿰뚫는 하이 패스트볼을 주문한 것이다.

'좋았어.'

강동원은 당당히 고개를 주억거렸다. 그리고 있는 힘껏 투구판을 박차고 앞으로 나갔다.

후앗!

강동원의 손끝을 빠져나간 공이 거의 마이크 레이놀스의 눈높이로 날아들었다.

하지만 마이크 레이놀스는 방망이를 내밀지 않았다.

구심 역시 공이 살짝 높다고 판정했다.

그렇게 볼카운트가 투 스트라이크 쓰리 볼로 바뀌었다.

"후우……. 젠장할."

강동원이 자신도 모르게 짜증을 내뱉었다. 이닝을 끝낼 기회가 두 번이나 있었는데 전부 제구력이 흐트러지면서 볼 판정을 받았으니 스스로가 한심스럽기만 했다.

하지만 비스트 포지는 데뷔전에서 이만큼이나 잘 버텨준 강동원이 대견스럽기만 했다.

'강, 아직 포기하지 말라고. 마이크 레이놀스를 잡을 기회는 남아 있으니까!'

비스트 포지가 피식 웃으며 사인을 보냈다. 그런데 강동원이 생각했던 공과 전혀 다른 요구가 들어왔다.

구종은 포심 패스트볼.

코스는 한복판 높은 곳이었다.

'힘으로 이겨내라 이거지?'

비스트 포지의 속내를 읽은 강동원이 단단히 고개를 끄덕였다. 그리고 마이크 레이놀스를 향해 이를 악물고 공을 내던졌다.

후앗!

강동원의 손끝을 빠져나간 공이 곧장 홈 플레이트를 향해 날아갔다.

'실투다!'

마이크 레이놀스도 기다렸다는 듯이 방망이를 내돌렸다.

하지만.

따악!

방망이 중심 부분을 살짝 벗어난 타구는 내야를 벗어나지 못했다.

"내가 잡을게!"

낙구 지점을 확인한 브래드 크로포트가 두 팔을 휘저으며 소리쳤다. 그러고는 침착하게 공을 글러브 속에 정확하게 받아 넣었다.

"됐어!"

그 모습을 지켜보던 강동원이 주먹을 불끈 쥐며 마운드를 내려갔다.

그렇게 7회 초 로키스의 공격도 삼자범퇴로 끝이 났다.

"후우……."

강동원은 홀가분한 얼굴로 마운드를 내려왔다. 37구를 전력을 다해서 던졌지만 특별히 피곤한 기색은 보이지 않았다.

"강! 잘했어!"

더그아웃 앞쪽에서 비스트 포지가 환한 얼굴로 손을 들고 있었다.

"다 포지 덕분이에요."

강동원이 씩 웃으며 비스트 포지와 손뼉을 부딪쳤다.

더그아웃으로 들어가자 브루스 보체 감독이 활짝 웃으며 강동원을 반겼다. 코치와 선수들도 마찬가지. 다들 한가득 미소를 머금으며 강동원과 주먹을 부딪쳤다.

강동원의 2이닝 호투 속에 자이언츠는 8회 말 2점을 추가하며 5 대 3으로 역전승을 거두었다.

추가점이 늦어지면서 비록 승리 투수는 되지 못했지만 강동원의 투구는 브루스 보체 감독과 선수들에게 깊은 인상을 심어주었다.

또한 대한민국이라는 나라에서 온 루키 강동원을 자이언츠 팬들의 뇌리에 각인시키는 계기가 되었다.

경기가 끝이 나고 선수들은 모두 로커 룸으로 향했다. 자유로운 분위기답게 선수들은 옷을 훌렁훌렁 벗고 곧장 샤워실로 들어갔다.

'다들 몸이 장난 아닌데?'

강동원은 샤워하는 동안 다른 선수들의 몸을 힐끔거리며 감상했다. 물론 특별한 사심 같은 건 없었다. 그저 서로 알몸을 공유하는 것만으로도 조금은 더 친해진 듯한 기분이 들었다.

몇몇 선수는 샤워장 안에 와서도 장난치며 영어로 마구 떠들어 댔다. 경기에서 이겨서인지 다들 들뜬 분위기였다.

"역시 경기는 이기고 봐야 한다니까."

강동원도 즐거운 마음으로 뜨거운 물에 몸을 적셨다. 사우나에 비할 바 아니지만 힘들었던 몸이 한결 가벼워지는 느낌이 들었다.

상쾌한 기분으로 샤워를 마치고 나와 강동원은 로커 룸에서 옷을 갈아입었다. 그때 통역사가 다가왔다.

"저기 강동원 선수."

"네? 찾으셨나요?"

"감독님께서 찾으시는데?"

"저를요?"

강동원이 당황한 얼굴로 묻자, 통역사는 환한 얼굴로 고개를 끄덕였다.

"같이 인터뷰를 하자고 하는 것 같아."

강동원은 브루스 보체 감독, 포수 비스트 포지와 함께 인터뷰 룸에 들어갔다. 강동원이 등장하자 수많은 카메라 플래시가 여기저기서 터져 나왔다.

찰칵! 찰칵!

오늘 승리의 주역들을 한데 모은 자리였다. 강동원은 약간 어리둥절한 표정을 지으며 스텝의 안내대로 자리에 착석했다.

'와, 사람 엄청 많네.'

그 앞을 보니 수많은 기자가 대기하고 있었다. 의자 없이 서 있는 기자들까지 포함하면 족히 50명은 넘어 보였다.

브루스 보체 감독이 가운데에 자리 잡고 왼쪽에 비스트 포지, 오른쪽에 강동원이 앉았다. 그 옆에는 통역사가 자리했다.

"자, 이제부터 인터뷰를 시작하도록 하겠습니다."

그 말이 끝나기 무섭게 기자들이 빠르게 손을 들었다. 그리고 선택된 기자가 질문을 던졌다. 먼저 질문을 받은 건 브루스 보체 감독이었다.

"감독님께 묻겠습니다. 강동원 선수는 어떤 선수입니까?"

"오늘 경기에서 보여준 것처럼 정말 매력적인 선수입니다. 나는 오래전부터 강이 메이저리그에 올라오길 기다리고 있었습니다."

"마이너리그에서 콜업된 투수 중에 강동원 선수의 데뷔가 늦었는데 이유가 있나요?"

기자가 살짝 민감한 질문을 던졌다.

그러자 브루스 보체 감독이 강동원을 바라보며 씩 웃은 뒤 마이크를 잡고 이야기를 시작했다.

"사실 나는 강이 마이너리그 있을 때부터 계속해서 지켜보고 있었습니다. 생각 같아서는 전반기가 끝나고 올리고 싶었지만 보시다시피 자리가 없었습니다. 게다가 강은 불펜 요원이 아니라 선발 수업을 받고 있었으니까요. 그래서 9월이 지나기만을 기다렸습니다. 데뷔가 조금 늦은 건 사실이지만 그건 어디까지나 투수 운용의 문제였습니다. 강에 대한 신뢰의 문제는 결코 아닙니다."

"그렇군요. 사실 오늘 1이닝만 던지기로 얘기가 된 것으로 알고 있는데요. 그런데 강동원 선수가 한 이닝을 더 던졌습니다. 그 이유는 뭡니까?"

"흠, 원래 강에게 1이닝만 맡겨보기로 이야기가 된 상태였습니다. 그런데 미스터 강의 투구를 본 순간 생각이 바뀌었습니다. 강의 투구 모습을 보고 완전히 빠져 버린 거죠. 그리고 솔직히 말해 너무 완벽하게 잘 던지지 않았나요?"

브루스 보체 감독의 넉살에 인터뷰 룸이 웃음소리로 가득 찼다.

"그래서 투수 코치와 상의 끝에 한 이닝을 더 맡기기로 했습니다. 데뷔전이긴 하지만 강이 충분히 자신의 기량을 뽐낼 수 있게 도와주고 싶었던 게 제 마음입니다."

"그런데 오늘 불펜 투수치고는 투구 수가 좀 많지 않았나요?"

"흠, 그것 또한 사실입니다. 하지만 앞서 말했듯 강은 선발 수업을 받던 투수입니다. 그 정도는 충분히 던질 수 있다고 생각했습니다."

"그 말은 강동원 선수에게 선발 기회를 줄 수도 있다는 이야기입니까?"

"그건 이 자리에서 대답하기 곤란한 질문입니다. 다만 다음부터는 강의 투구 수 관리에 신경을 쓰도록 할 계획입니다."

"감사합니다. 그럼 비스트 포지 선수에게 묻겠습니다."

"네에."

브루스 보체 감독에 이어 비스트 포지가 곧바로 마이크를 이어받았다.

"오늘 좋은 투구 내용을 보인 강동원 선수에 대해서 한 말씀해주신다면?"

기자의 질문에 비스트 포지는 힐끔 강동원을 바라보았다. 그러고는 히죽 웃으며 이야기했다.

"감독님 말씀대로 강동원은 정말 좋은 투수입니다. 어느 정도냐면…… 이것 좀 보세요. 공이 워낙 빨라서 손바닥이 아플 정도입니다."

비스트 포지는 자신의 손바닥을 펴 보며 아까 잡았던 부위가 아직도 얼얼하다며 아픈 시늉을 하였다.

그러자 기자들이 일제히 웃음을 흘렸다.

"빠른 포심 패스트볼과 좋은 커브를 던질 줄 알지만 무엇보다도 정말 겁이 없는 친구입니다. 제가 요구하는 모든 코스에 망설이지 않고 공을 던지려 노력했습니다. 그건 어지간한 배짱이 없고서는 불가능한 일일 겁니다. 투수가 포수의 요구대로 공을 던져 준다면 타자들도 강의 공을 쉽게 공략하기 어려울 겁니다. 그리고 전 이런 투수와 호흡을 맞추는 것을 무척 좋습니다. 재미있지 않겠습니까? 제가 원하는 곳으로 공이 팍팍 날아온다면 말입니다."

"그건 앞으로도 계속 강동원 선수의 공을 받고 싶다는 이야기인 거죠?"

"물론이죠. 가능하면 오랫동안 받고 싶습니다."

비스트 포지와 인터뷰도 몇 가지 질문이 더 오간 후 끝이 났다. 그리고 마지막으로 강동원에 대한 인터뷰가 시작되었다.

"이번엔 강동원 선수에게 질문하겠습니다."

그 말을 통역사로 듣자 강동원은 순간 긴장된 표정이 되었다.

"9월 로스터 확장 후 합류를 하였는데 첫 메이저리그에 올라온 소감은 어떠신지요?"

기자의 질문을 받고 곧바로 옆에서 통역사가 답해주었다. 고개를 끄덕인 강동원이 대답했다.

"메이저리그와 마이너리그는 전혀 다른 세계라는 걸 이제야 좀 알게 되었습니다. 이렇게 올라온 이상 다시 내려가고 싶지는 않습니다."

강동원이 강한 눈빛으로 대답했다.

"오늘 첫 등판이었는데. 기분은요?"

"짜릿했습니다. 너무 좋았죠. 이 거대한 무대에 서기 위해서 그동안 노력을 정말 많이 했는지, 오늘에야 그 결실을 맺게 되어 정말이지 날아갈 정도로 기분이 좋았습니다."

"세계적인 포수 비스트 포지와 첫 호흡을 맞췄는데요. 느낌이 많이 다르던가요?"

강동원은 옆에 있는 비스트 포지를 힐끔 쳐다보았다. 비스트 포지는 그저 미소만 짓고 있었다.

"음, 뭐라고 말씀 드려야 할까요? 워낙에 이름난 세계적인 포수다 보니 처음에는 많이 주눅이 든 것도 사실입니다. 하지만 제 공을 비스트 포지가 받는다는 생각만으로도 마음이 편해졌습니다. 리드도 좋았고요. 그래서 마음 편히 비스트 포지의 미트만 보고 공을 던졌던 것 같습니다. 그리고……

몇 개 빠진 공도 스트라이크로 만들어준 거 같아서 고맙기도 합니다.”

“좋습니다. 그럼 앞으로 팬들에게 하고 싶은 말은 있나요?”

“최선을 다해서 자이언츠의 월드시리즈 우승에 보탬이 되는 선수가 되겠습니다. 지켜봐 주십시오.”

강동원의 한마디가 인터뷰 룸을 무겁게 울렸다. 그것으로 모든 인터뷰가 끝이 났다.

브루스 보체 감독과 비스트 포지와 다시 악수를 나눈 후 인터뷰 룸을 빠져나갔다. 인터뷰 룸 입구 쪽에는 에이전트 박동휘가 환한 얼굴로 서 있었다.

강동원은 박동휘를 보자마자 한 걸음에 달려가 그를 부둥켜 안았다. 꽉 끌어안은 채 한동안 떨어질 줄을 몰랐다.

“고생했어. 정말 고생 많았다, 동원아.”

“아니에요. 고생은 형이 더 했죠.”

“너에 비하면 나야 고생도 아니지. 그런데 너 어머니에게 전화는 드렸니?”

“아뇨. 아직요.”

“어서 연락 드려야지.”

“네에, 있다가요. 지금은…….”

강동원이 힐끔 선수들이 모여 있는 곳으로 시선이 갔다. 그것을 보자 박동휘도 눈치를 챘다.

"그래, 어서 가 봐. 일단 내가 먼저 어머니랑 통화를 할게. 넌 나중에 해."

"알겠어요. 고마워요, 형!"

"그래."

강동원이 그렇게 멀어지고 박동휘는 그런 뒷모습을 물끄러미 바라보았다. 그리고 스마트폰을 꺼내 어딘가로 전화를 걸었다.

22장
깜짝 선발

1

강동원은 다시 로커 룸으로 돌아와 장비를 챙겼다. 경기가 끝났으니 이제 호텔로 가야 했다.

버스를 타고 강동원은 구단에서 마련해 준 호텔로 향했다.

이제 막 메이저리그에 올라온 처지다 보니 자신만의 확실한 보금자리가 마련되지 않은 상태였다. 그래서 당분간은 호텔에 묵어야 했다.

그렇게 호텔 방 안으로 들어온 강동원은 그대로 침대에 몸을 눕혔다.

"으으. 이제 좀 살 것 같다."

강동원은 갑자기 피곤함이 몰려왔다. 오늘 하루를 어떻게 보냈는지 기억이 나지 않을 정도로 머릿속이 멍해졌다.

그렇게 스르륵 눈이 감겼다. 하지만 강동원은 이내 눈꺼풀을 들어 올렸다.

"엄마한테 전화하기로 한 거 깜빡했네……."

강동원은 재빨리 충전기에 꽂아둔 핸드폰을 뽑았다. 전원을 켜고 부팅이 되는 동안 시간을 확인했다.

핸드폰 시간은 오후 11시를 가리키고 있었다.

"11시라……. 그럼 한국은 지금 몇 시지?"

강동원은 박동휘가 알려준 시차로 계산을 해보았다.

"형이 알려준 시차는 캘리포니아 주와 대한민국 시차는 17시간 난다고 했으니까."

강동원이 어림잡아 계산을 해보니 대한민국은 현재 오후 4시였다. 이제 어머니는 저녁 장사를 준비할 시간이었다.

"바쁘지는 않으실까?"

강동원은 살짝 걱정된 표정으로 전화를 걸었다. 통화음이 들리고 잠시 후 어머니의 목소리가 들려왔다.

─여보세요.

"엄마, 저예요."

─동원이니?

"네, 엄마!"

－우리 아들, 어디 아픈 곳은 없고?

　"네, 없어요. 엄마는 어때요?"

　－엄마는 항상 똑같지. 그보다 우리 아들이 걱정이지. 멀리 타지에서 얼마나 고생을 하고 있니.

　어머니는 말씀을 하시면서도 목소리에 흐느낌이 느껴졌다. 강동원도 오랜만에 어머니 목소리를 들으니 저도 모르게 울컥했다.

　"엄마, 저 오늘 메이저리그에 등판했어요."

　－안 그래도 박동휘 씨한테 전화 왔었다. 경기는 잘 끝냈고?

　"그럼요. 누구 아들인데요. 외국 타자들을 아주 그냥 묵사발을 만들었어요."

　－아이고, 장하다. 우리 아들. 그래 잘했어.

　"뭘요, 당연한 걸요. 그보다 엄마는 어때요? 어디 아프신 데는 없어요?"

　－에이, 우리 아들이 고생하는데 엄마가 아플 시간이 어디 있니. 걱정 마라. 엄마는 엄청 건강하니까. 우리 아들 건강만 챙기면 돼.

　"걱정 마요, 엄마. 저도 엄마 닮아서 아주 건강하다니까요. 운동하면서 이리저리 굴러도 한숨 푹 자고 일어나면 다 낫고 그래요."

　－그래, 뭐 필요한 거는 없어? 엄마가 뭐 보내 줄까? 김치

랑 고추장 어제 담았는데 그거 보내 줄까?

어머니는 뭐가 그리 걱정이 되는지 자꾸만 뭘 보내 주시겠다고 했다. 그런 어머니의 마음이 강동원에게 고스란히 전해졌다.

"아니요. 괜찮아요, 엄마. 그런 거 안 보내 주셔도 돼요. 그리고 아직 집을 못 구해서 보내 주셔도 놔둘 데가 없어요."

—맞다. 애, 너 좋아하는 불고기도 했는데.

불고기. 강동원이 가장 좋아하는 음식이었다. 특히 어머니가 해주신 거라면 더욱 좋아했다.

강동원은 자신도 모르게 마른침을 꿀꺽 삼켰다. 하지만 호텔에서 머무는데 따로 음식을 보내 달라고 말하기가 쉽지 않았다.

"조만간 집 따로 구할 예정이니까 그때 보내 주세요."

—오냐, 알겠다. 그래도 끼니 거르지 말고. 꼬박꼬박 챙겨 먹고.

"네, 알았어요."

—한국 사람은 밥심으로 살아야 하는데. 거긴 순 햄버거 같은 것뿐이지? 입맛에 안 맞아서 어떡하니.

"엄마, 괜찮아요. 저 입에 잘 맞아요. 여기 근처에 한국 식당도 있어요. 그러니 걱정 마세요."

—그러니? 엄만 걱정이 돼서…….

이래저래 어머니는 아들 걱정뿐이었다. 그렇게 강동원은 약 10여 분간 통화를 했다

더 통화를 하고 싶었지만 어머니는 국제전화는 통화료가 많이 나온다며 걱정을 사서 하셨다.

"알겠어요. 전 정말 잘 지내고 있으니까 제 걱정 말고 엄마도 건강 잘 챙기세요."

강동원은 힘겹게 종료 버튼을 눌렀다. 그러자 어머니의 목소리가 귓가에서 사라졌다.

"하아……."

강동원이 아쉬움을 내뱉으며 침대에 드러누웠다. 그동안 잘 참아왔다고 생각했는데 쓸쓸함과 외로움이 밀려들었다. 홀로 타지에서 생활하다 보니 한국 생각이 많이 났다.

하지만 이 정도는 이미 각오한 일이었다. 깊은 한숨을 내쉬며 강동원은 가만히 천장을 올려다보았다. 그리고 메이저리그에 올라오기까지 고생했던 걸 천천히 떠올렸다.

힘든 순간도 있었고 포기하고 싶은 때도 있었다. 하지만 모든 시련과 고난을 이겨내고 자이언츠에 합류했다.

'솔직히 이렇게 빨리 올라올 줄은 몰랐는데.'

강동원의 입가에 다시 웃음이 번졌다. 이 악물고 여기까지 왔는데 고작 여기서 멈춰 설 수는 없는 노릇이었다.

한편으로 강동원은 과거로 돌아왔다는 사실이 감사하기만

했다.

"만약 다시 고등학교 시절로 돌아오지 않았다면 메이저리그는 꿈도 꿀 수 없었을 거야. 이번 삶만큼은 제대로 살아보자, 강동원."

강동원은 굳게 다짐을 했다. 그러고는.

드르렁. 푸우.

어느 덧 깊은 잠에 빠져들었다.

2

자이언츠 강동원! 첫 메이저리그 등판!

세계 청소년 야구 선수권 대회 MVP 강동원! 미국에 건너간 지 반년 만에 메이저리그 입성!

제2의 최동원, 강동원! 메이저리그 그 꿈의 무대에 오르다.

강동원이 첫 메이저리그 등판이 끝난 직후 한국에도 강동원의 활약상이 보도되었다.

┗근데 강동원이 누구야? 듣도 보도 못한 이름인데?
┗강동원을 몰라? 딱 봐도 국내 야구 빠돌이구만?
┗아니, 뭔 개소리를 하고 있어? 내가 메이저리그 경력이

몇 년인데?

└딱 봐도 박찬오 때 잠깐 보고 말았겠지.

└크흠! 그럼 넌 강동원에 대해 아나?

└내가 또 강동원에 대해서는 잘 알지. 해명 고등학교 에이스. 봉황기 대회에서 노히트 노런, 퍼펙트 경기 달성. 세계 청소년 야구 선수권 대회에서 MVP, 최우수 투수상 수상. 이제 좀 감이 오냐? 멍충아!

└윗분들 그만 싸우시고요. 어쨌든 대단하네요. 졸업한 지 얼마 안 된 거 같은데 벌써 자이언츠에 합류를 하다니요.

└님, 그거 사실 뽀록임. 40인 로스터 확장해서 운빨 지려서 올라온 거예요.

└그거 인정. 쫌만 못해도 다시 마이너리그로 직행 버스임.

└아마도 LTE급으로 내려갈걸요? 내가 그 꼴을 한두 번 본 게 아님. 이거레알 반박불가.

└난 NO인정. 어제 경기 보고나 떠드는 거냐? 어제 강동원 정말 잘 던졌다. 비스트 포지도 인정했다고.

└그것도 한때뿐. 내년부터 메이저리그에서 못 볼 거임. 내가 장담함.

└그리 장담하면 열 손가락 다 장 만들어 담그시든지.

└그래도 미국 간 지 반년 만에 메이저리그에 올라간 것은

정말 칭찬해 줘야 합니다. 고등학교 졸업 후 아직까지 메이저리그에 가 보지 못한 선수도 수두룩합니다.

ㄴ전 내년이 기대됩니다. 강동원 선수! 꼭 내년에 선발 한자리 차지해 주세요.

ㄴ저도 응원하겠습니다.

대다수 네티즌의 댓글은 부정적이었다. 몇몇 사람만이 기대된다는 의견을 남길 뿐이었다.

그중에서도 한 네티즌은 강동원에 대해서 악평을 쏟아냈다.

'부산바라기'라는 이름을 가진 사람이었다.

ㄴ강동원 그 새끼! 내가 잘 아는데 아주 옛 같은 새끼임. 부산 자이언츠에서 매일 찾아가고 사정사정해서 좋은 조건으로 계약하자고 해놓고 미국에서 연락 오니까 날름 건너간 새끼. 부산 자이언츠를 배신한 녀석임. 내가 장담하는데 저 새끼, 운 좋게 첫 경기에 잘 던졌을지 몰라도 이제 곧 한계올 것임. 다시 꼭 마이너리그로 강등될 거라고 자부함. 그건 내가 보장함!

ㄴ님, 강동원은 창원 다이노스에서 지명받았는데 뭔 개소림?

└그것도 강동원이 수작 부린 거임. 암튼 자이언츠고 다이노스고 전부 강동원한테 놀아난 거임.

　하지만 부산바라기의 호언장담과는 달리 강동원은 두 번의 구원 등판에서 무실점으로 호투를 펼쳤다.
　자연스럽게 강동원에 대한 사람들의 인식이 조금씩 달라졌다.
　댓글의 대부분을 차지했던 부정적인 댓글이 점차 사라지고, 응원의 댓글들이 빠르게 늘어나기 시작했다. 심지어는 강동원의 팬카페까지 등장하기에 이르렀다.

　그 시각 자이언츠는 내셔널리그 서부 지구에서 살아남기 위해 고군분투하고 있었다.

　내셔널리그 서부 지구(9월 18일)
　다저스 84승 64패 0.568
　지이언츠 79승 69패 0.534 / 5.0
　로키스 71승 77패 0.480 / 13.0
　파드리스 62승 86패 0.419 / 22.0
　다이아몬드백스 62승 86패 0.419 / 22.0

내셔널리그 서부 지구 1위는 다저스였다.

다저스는 5월 1위로 올라선 이후 한 번도 1위에서 내려온 적이 없었다. 자이언츠가 계속 따라붙고 있지만 상황이 여의치가 않았다.

이제 시즌이 얼마 남지 않은 상황에서 자이언츠가 다저스를 추격하기란 불가능에 가까웠다.

그래서 샌프란시스코 언론에서도 지구 우승보다는 와일드카드 확보를 통해 포스트시즌에 진출하는 데 집중할 필요가 있다고 조언했다.

다행히도 와일드카드 경쟁에서 자이언츠는 순항 중이었다.

내셔널리그 와일드카드 순위(9월 18일)

자이언츠 79승 69패 0.534

메츠 79승 69패 0.534

카디널스 77승 71패 0.520 / 2.0

자이언츠와 내셔널리그 동부 지구 2위를 달리고 있는 메츠가 나란히 79승 69패로 와일드카드 공동 선두에 올라 있었다. 그 뒤를 내셔널리그 중부 지구 2위 카디널스가 두 경기 차이로 바짝 뒤쫓고 있는 상황이었다.

지금까지의 분위기만 놓고 봤을 때 결국 이 세 팀 중 두 팀이 와일드카드 결정전을 치를 가능성이 높았다. 그래서 샌프란시스코 언론은 카디널스와의 4연전이 포스트시즌 향방을 가를 중요한 일전이 될 것이라고 예고했다.

이번 4연전에서 자이언츠가 카디널스를 상대로 우세를 점하지 못한다면 와일드카드 경쟁에서 밀려날 수밖에 없었다.

게다가 카디널스와의 시리즈는 원정 경기로 치러졌다. 홈어드밴티지를 감안했을 때 카디널스가 조금 더 유리한 고지에 있는 게 사실이었다.

하지만 정작 시리즈는 자이언츠가 주도해 나갔다.

16일에 치러진 첫 경기에서 자이언츠는 에이스 메디슨 범가드너를 선발로 내세워 6대 2로 승리를 거두었다.

이후 17일에는 2선발 제니 쿠에토가 호투를 펼치며 8 대 2, 대승을 거뒀다.

어제 경기에서도 자이언츠는 카디널스를 무너뜨릴 뻔했다. 3선발 제이크 사마자가 7이닝 1실점 호투를 펼치며 카디널스 타선을 꽁꽁 묶어놓은 것이다.

하지만 2 대 1로 앞서던 9회 말 자이언츠의 마무리 투수 산티아 카시아가 불을 지르면서 3 대 2, 역전패를 당하게 되었다.

카디널스와 4연전 중 3번의 시합을 마친 상황에서 자이언츠는 2승 1패로 앞서고 있었다.

하지만 다저스와의 승차는 여전히 5경기 차이를 유지했다. 자이언츠가 이기면 다저스도 이기고 자이언츠가 패배하면 다저스도 패배하는 패턴이 반복되고 있기 때문이었다.

"더 이상은 어렵겠어."

자이언츠의 보비 에반 단장은 다저스를 쫓아가는 게 어렵다는 결정을 내렸다. 그리고 와일드카드에 집중을 하기로 마음을 굳혔다.

그런데 갑작스럽게 선발진에 구멍이 생겨났다. 바로 선발 예정이었던 제임스 피비가 훈련 중에 허리를 다쳐 버린 것이다.

그날 저녁.

브루스 보체 감독과 코치들은 긴급회의에 들어갔다. 다행히 제임스 피비의 부상이 심각한 것은 아니지만 당장 내일 경기에 뛸 수는 없는 상태였다.

"후우……."

"하필 이럴 때에 부상이라니……."

사무실은 무거운 침묵에 휩싸였다.

"흠……."

브루스 보체 감독도 무겁게 신음만 늘어놓았다.

"어떻게 하죠? 지금 상황에서는 제임스 피비를 부상자 명단에 올리는 수밖에 없습니다."

"그건 당연히 그래야 하는 거고 문제는 구멍 난 선발 라인인데……."

"이 타이밍에 제임스 피비를 대체할 만한 선수가 있을까?"

"몇몇 괜찮은 친구가 있긴 합니다. 조지 하메스도 좋은 대안이 될 것 같고요."

"조지는 선발로 뛸 수 있는 체력이 안 돼. 게다가 제구도 엉망이잖아."

"그럼 누굴 올려야 하지? 지금 현재 믿을 만한 투수가 없는데."

"그래도 조지는 안 돼. 3연전을 치르는 동안 불펜 피로도가 상당하다고. 이런 상황에 5이닝도 못 던질 투수를 올리는 건 다 같이 죽자는 소리라고."

"하……."

갑론을박을 펼치던 코치들이 저마다 한숨을 내쉬었다. 선발로 던질 만한 투수들의 이름이 한 차례씩은 다 언급된 것 같은데 모두의 눈높이를 채워줄 만한 선수가 없었다.

그때 마침 찬찬히 투수 리스트를 확인하던 벤치 코치 론 워스트가 눈빛을 반짝였다. 한 명의 이름이 눈에 들어온 것이었다.

"잠깐, 혹시 이 친구 어떤가?"

모두의 시선이 론 워스트에게 쏠렸다.

"조금 모험 같지만 난 이 녀석을 추천하고 싶은데."

론 워스트의 말에 일제히 그가 내민 카드를 보았다. 그 카드에는 강동원의 이름이 적혀 있었다.

하지만 다른 코치들은 그를 보자마자 대번에 고개를 흔들었다.

"안 됩니다! 그는 이제 막 올라온 루키에 불과합니다, 이런 막중한 임무를 맡기기에는 너무 경험이 없어요."

"맞아요. 어린 선수에게 이것을 맡기기에는 정신적으로 힘들어할 게 뻔합니다."

"물론, 지난 경기에 잘 던지기는 했었죠. 하지만 선발과 불펜은 엄연히 다르다고 봅니다."

모두들 강동원에 대해 부정적인 의견을 내세웠다. 몇몇 코치는 차라리 조지 하메스를 내보내는 게 낫다고 빈정거렸다.

그러자 보다 못한 브루스 보체 감독이 직접 입을 열었다.

"나도 론의 의견에 찬성이야. 강이라면 분명 잘해줄 거야."

브루스 보체 감독의 한마디에 코치들의 표정이 달라졌다.

"저, 정말로 강동원을 선발로 올리자는 말씀이십니까?"

"왜? 강은 우리 자이언츠 투수 아닌가? 아니면 나 몰래 트레이드라도 진행된 거야?"

"그런 건 아니지만……."

"그럼 뭐가 문제야? 지난 3연전 동안 등판이 없었으니 체력적인 문제도 없을 텐데."

데뷔전 이후 브루스 보체 감독은 강동원을 눈여겨보고 있었다.

강동원의 투구를 볼 때면, 확실치는 않지만 어린 나이임에도 불구하고 뭔가 있는 것 같은 느낌이 많이 들었다.

역동적인 투구 모습도 그렇고 강약을 조절하는 여유나 상대를 대하는 자세까지 루키보다는 꼭 백전노장처럼 느껴졌다.

그래서 브루스 보체 감독은 기회가 된다면 강동원을 선발로 한 차례 기용해 보고 싶었다. 그런데 때마침 론 워스트 코치가 강동원을 언급했으니 이 기회를 놓치고 싶지 않았다.

"난 강이라면 선발로 나가도 좋은 모습을 보여줄 것이라고 생각하는데. 데이브, 자네 생각은 어때?"

브루스 보체 감독이 데이브 라이트 투수 코치의 의견을 물었다. 론 워스트 벤치 코치가 강동원을 추천한 이상 투수 파트의 책임자인 데이브 라이트 코치만 고개를 끄덕이면 강동원을 밀어붙일 생각이었다.

그러자 데이브 라이트 코치가 당황한 듯 말을 받았다.

"감독님의 생각을 모르는 바는 아니지만…… 아무리 그래도 이건 아니라고 봅니다. 와일드카드 경쟁에서 살아남아야 하는 중요한 경기에서 어떻게 루키를 선발로 내세울 수 있겠습니까?"

자이언츠의 포스트시즌 티켓은 아직 완벽하게 확보가 된 게 아니었다. 시즌 막판까지 한 경기, 한 경기 최선을 다해야 겨우 와일드카드 결정전을 바라볼 수 있었다.

그렇다면 루키보다는 경험 많은 투수에게 기회를 주는 게 낫다고 생각했다. 그러나 론 워스트 코치의 생각은 달랐다.

"꼭 그렇게 나쁘게 볼 것만은 아니네. 잘 살펴보게. 루키라 비록 지금은 불펜에서 던지고 있지만, 원래가 선발 자원으로 뽑지 않았나. 게다가 세계 청소년 야구 대회와 마이너리그에서의 성적! 이건 절대 무시할 수 없네."

론 워스트 코치가 내민 데이터를 보며 코치들은 잠시 입을 다물었다. 왜냐하면 마이너리그에서 대부분 선발로 뛰었고, 성적 또한 우수했기 때문이다.

그것도 일반 싱글 A나 더블 A가 아닌, 트리플 A에서의 성적이 주를 이루고 있으니 론 워스트 코치의 말처럼 마이너리그일 뿐이라고 평가 절하하기도 쉽지 않았다.

"그리고 애초에 메이저리그에서 강을 시험해 보자고 추천한 것도 자네 아니었는가."

"하아, 그래도 그것과 이건 좀 이야기가……."

데이브 라이트 코치가 난감한 표정을 지었다.

그러자 브루스 보체 감독이 더 이상 말할 필요 없다며 단호한 목소리로 말했다.

"그럼 내일 선발은 강으로 가지!"

"가, 감독님!"

"다시 한번 생각해 주십시오!"

코치진이 놀란 눈으로 브루스 보체 감독을 쳐다보았다. 하지만 브루스 보체 감독은 뜻을 꺾지 않았다.

"다들 지나치게 걱정하는 거 같은데. 자, 그럼 이렇게 하자고. 강을 선발로 내세워서 좋지 않은 결과가 나오면 모든 책임은 내가 지겠네. 그러니 날 믿고 강동원을 선발로 내세우도록 하지. 그런데 자네들은 강이 선발로 던지는 걸 보고 싶지 않나? 난 무척이나 보고 싶은데 말이야. 난 강이 지금까지 자신의 모든 걸 다 보여준 게 아니라고 생각하거든."

브루스 보체 감독이 빙긋 웃으며 상황을 정리하자 코치들도 더는 이의를 제기하지 않았다. 루키라는 불안 요소가 있어서 입 밖으로 꺼내진 않았지만 코치들 또한 선발 투수 강동원의 투구를 보고 싶기는 마찬가지였다.

"알겠습니다. 감독님의 생각대로 강동원을 선발로 하시죠. 단, 다른 투수들도 미리 대기를 해놓겠습니다."

데이브 라이트 코치도 조건부로 브루스 보체 감독의 제안을 받아들였다.

"하하하. 그건 당연한 일 아닌가."

브루스 보체 감독이 껄껄 웃었다.

그렇게 내일 카디널스 마지막 4연전 선발은 강동원으로 낙점이 되었다.

❀

회의가 끝나자 데이브 라이트 투수 코치는 곧바로 강동원을 불렀다. 강동원은 통역사를 대동한 채 데이브 라이트 코치의 방으로 들어갔다.

"절 부르셨습니까?"

"여기 앉게."

강동원은 잔뜩 긴장한 표정으로 자리에 앉았다. 그 옆에 통역사도 함께였다. 통역사 또한 긴장하긴 마찬가지였다.

뭔가를 이야기하기에는 너무 늦은 시간이었다. 그리고 이런 시간에 나누는 이야기가 좋은 이야기일 것 같지 않았다.

"긴히 할 말이 있어서 불렀네."

데이브 라이트 코치도 진중한 목소리로 말을 이었다.

통역을 통해 말을 전해 들으며 강동원은 침을 꿀꺽 삼켰다. 혹시 자신을 마이너리그로 내려 보내려는 것은 아닐까 속으로는 잔뜩 겁이 났다.

하지만 강동원은 애써 담담한 척 말했다.

"말씀하십시오."

그러자 잠시 뜸을 들이던 데이브 라이트 코치가 슬쩍 입가를 비틀어 올렸다.

"자네가 내일 카디널스전에 선발로 나서줘야겠네."

순간 강동원의 눈이 번쩍 떠졌다.

"네에? 다시 한번 말씀해 주시겠습니까?"

"하하핫, 통역을 제대로 못 해줬나? 자네가 내일 선발이라고."

강동원은 다시 한번 듣고 나서야 데이브 라이트 코치의 말을 받아들일 수 있었다.

"선발이요? 제가 진짜 선발이라고요?"

강동원은 이렇게 빨리 자신에게 선발 기회가 주어질 것이라고는 생각지도 못했다. 아니, 이번 시즌에는 그저 불펜이어도 만족할 생각이었다.

더 정확히 말을 하자면 메이저리그에 남게 해준다면 불펜이어도 좋다고 생각하고 있었다.

그런데 전혀 생각지도 않았던 선발 기회가 찾아온 것이다.

"강! 축하해!"

통역사도 놀라기는 마찬가지였다. 그도 이렇게 중요한 경기의 선발을 강동원이 꿰찰 줄은 예상하지 못한 눈치였다.

강동원은 여전히 얼떨떨한 얼굴이었다. 그런 강동원을 바라보며 데이브 라이트 코치가 부드러운 목소리로 말했다.

"자네가 내일 선발로 나서서 할 일은 딱 하나일세."

"……?"

"5이닝. 딱 5이닝만 버텨주는 것이네. 그것만 해주어도 자네는 최선을 다한 것이네. 어떤가? 할 수 있겠는가?"

데이브 라이트 코치의 말에 강동원은 단단히 고개를 끄덕였다.

5이닝.

그건 선발로 나서는 투수라면 당연히 책임져야 하는 이닝이었다.

"넵! 해보겠습니다."

"그래! 그럼 나도 그렇게 믿고 있겠네. 잘해보게."

데이브 라이트 코치는 강동원이 5이닝쯤은 잘 막아줄 것이라고 생각했다.

하지만 정작 강동원은 5이닝에서 만족할 생각이 없었다. 할 수 있다면 최대한 길게 이닝을 끌고 갈 생각이었다. 내일 주어진 선발 기회를 잘 살려서 자신의 존재를 모두에게 각인시키고 싶었다.

'그래, 정말 어렵게 찾아온 기회야. 절대 허투루 보내지 않겠어. 꼭 기회를 잡고 말겠어.'

강동원은 속으로 강하게 다짐을 했다.

그렇게 5이닝만 버텨 달라는 미션과 함께 강동원은 다음 날 선발 데뷔전을 펼치게 되었다.

4

선발 통보를 받은 강동원은 아침 일찍부터 운동장으로 나와 몸을 풀었다. 잔뜩 긴장된 몸을 최대한 풀어놔야 경기에 지장을 주지 않을 것 같았다.

"하아, 하아."

거친 숨을 내쉬며 운동장을 20바퀴 돌 때쯤 선수들이 하나둘 모습을 드러냈다. 그들도 각자 짐을 내려놓고 하나둘 모여 몸을 풀기 시작했다.

강동원은 운동장을 40바퀴째 꽉 채워 돌았다. 그때 그의 뒤로 익숙한 한국어가 들려왔다.

"초반부터 무리하게 몸을 풀면 정작 경기 때 힘을 쓰지 못해! 너무 무리하지 마."

그 소리에 강동원은 힐끔 고개를 돌렸다.

"허억!"

강동원은 화들짝 놀라며 헛바람을 삼켰다. 카디널스 운동복을 입고 천천히 걸어오고 있는 사람은 바로 끝판왕, 돌부처 오승완이었다.

불펜 투수로 시작해 어느새 마무리 투수 자리를 꿰찬 오승완의 새로운 별명은 파이널 보스.

강동원은 메이저리그에서 확실히 자리 잡은 대선배가 먼저 찾아와 주리라고는 생각지도 못했다.

"서, 선배님……."

강동원은 너무나 놀라 입을 다물지 못했다. 어떻게 말을 건네야 할지도 몰랐다. 그저 눈만 끔벅끔벅 거리며 자신에게로 다가오는 오승완을 지켜보기만 했다.

"자!"

그때 오승완이 손을 내밀었다. 그의 손에는 수건 하나가 들려 있었다.

"가, 감사합니다. 선배님."

강동원은 수건을 받으며 허리를 90도로 꺾었다. 그 예의바른 모습에 오승완의 입가에도 웃음이 번졌다.

강동원은 꿈인지 생시인지도 모를 정도로 당황한 채 얼굴에 흐르는 땀을 닦아냈다.

"네가 강동원이지?"

"아, 예. 선배님!"

"내가 누군 줄은 알고?"

"무, 물론이죠. 한국에 있을 때부터 팬이었습니다. 오승완 선배님."

"팬이라고 하니까 고맙네. 나도 네 소문은 많이 들었다. 너 꽤 하더라."

오승완의 칭찬에 강동원은 쑥스러운 듯 머리를 긁적였다. 그러면서 힐끔 오승완을 살폈다.

오승완은 탄탄한 근육질 몸매에 서글서글한 눈매를 가지고 있었다. 딱 봐도 터미네이터를 연상시켰다.

'대, 대단하다.'

강동원은 그저 감탄사만 계속해서 나왔다. 그런 모습이 오승완의 눈에는 그저 귀엽게만 느껴졌다.

"오늘 너 선발이라며?"

"네에."

"잘해라. 기회가 주어졌을 때 꼭 잡고!"

"네, 선배님."

"그래, 끝나고 밥이나 한 끼 하자. 내가 불고기 맛있게 하는 집 알고 있거든."

"부, 불고기요?"

"왜? 불고기 싫어하니?"

"아뇨! 제가 정말 좋아하는 음식입니다. 감사합니다, 선배님!"

"짜식, 감사는. 어쨌든 잘해라."

"넵!"

강동원은 깍듯이 대답을 했다.

오승완은 흐뭇한 얼굴로 강동원을 바라본 뒤 힐끔 자신의 팀 더그아웃 쪽으로 고개를 돌렸다.

"아무래도 난 가 봐야 할 것 같다."

"아, 네."

"그리고, 동원아."

"네?"

"살살하자."

"서, 선배님. 그건 저도 좀……."

갑작스럽게 허를 찔리자 강동원이 당황한 듯 말을 더듬었다. 그러자 오승완이 크게 웃었다.

"하하핫! 농담이야, 농담. 넌 누굴 만나든 늘 최선을 다해 던지면 돼."

"아, 넵. 알겠습니다."

"그래, 그럼 끝나고 보자."

오승완 선수가 손을 흔들며 자신의 팀 더그아웃으로 걸어 갔다. 그의 뒷모습을 보며 강동원은 나중에 꼭 오승완 같은 선배가 되어야겠다고 다짐했다.

"그나저나 대박이다. 내가 오승완 선배님을 만나게 될 줄

이야."

오승은 자타공인 국내 프로야구 마무리 최고의 투수였다. 해외 진출을 통해 일본으로 가서도 세이브 1위를 차지했고, 일본을 평정한 후 당당히 메이저리그에 입성했다.

적지 않은 나이와 특별할 게 없는 구속. 부정적인 반응이 적지 않았지만 오승완은 실력으로 그 모든 불평불만을 뛰어넘어버렸다. 그리고 지금은 명실 공히 메이저리그에서 최고의 특급 마무리 투수로 인정받고 있었다.

그런 오승완이 직접 자신을 찾아와 격려를 해줬다는 사실이 강동원은 너무나도 기분이 좋았다. 마치 우상을 만난 것처럼 두근두근 가슴이 뛰었다.

"하아, 정말 메이저 오길 잘한 거 같아."

강동원은 그렇게 중얼거리며 한참 동안 그를 지켜보았다. 그러던 그때 더그아웃에서 자신을 부르는 소리가 들려왔다.

"강!"

그제야 정신이 든 강동원이 고개를 돌렸다. 투수 코치가 자신을 부르고 있었다.

"아, 넵!"

강동원은 즉시 그곳으로 뛰어갔다. 그리고 투수 코치와 몇 가지 이야기를 주고받은 후 옷을 갈아입기 위해 로커 룸으로 향했다.

그로부터 한 시간 후 자이언츠와 카디널스 간의 4차전 경기가 시작되었다.

1회 초 공격은 자이언츠로부터 시작되었다. 강동원은 두근거리는 마음을 진정시키며 더그아웃에 가만히 앉아 있었다. 그사이에는 어느 누구도 강동원에게 말을 걸지도 쳐다보지도 않았다.

올해 계약한 루키가 메이저리그 첫 선발 경기를 앞두고 있었다. 이런 때 섣부른 위로나 격려보다는 마음을 다잡을 수 있도록 가만히 내버려 두는 게 최고의 배려였다.

강동원도 혼자서 긴장감을 떨쳐 내기 위해 노력을 했다. 그러면서 마운드에 올라온 선수를 유심히 바라보았다.

'저 녀석인가.'

당초 통보된 대로 카디널스 선발 투수는 알렉스 레이야스였다.

94년생의 우완 투수로 강동원처럼 올해 카디널스 팀에 입단한 선수였다.

하지만 알렉스 레이야스는 강동원보다 한발 앞서 메이저리그에 입성을 해 준수한 성적을 거두고 있었다.

오늘 경기 전까지 9경기 등판해 2승 1패 1세이브 1홀드.

28이닝 동안 4실점 4자책, 평균 자책 1.29로 카디널스 구단의 기대를 한 몸에 받고 있었다.

'역시 만만치가 않겠어.'

강동원의 얼굴에 절로 긴장감이 번졌다. 반면 알렉스 레이야스의 표정은 여유로웠다. 강동원보다 2경기나 더 많은 선발 경험을 쌓았기 때문이다.

알렉스 레이야스가 첫 선발로 출전한 경기는 8월 23일 어슬레틱스전이었다.

4.2이닝 2피안타 4사사구, 4탈삼진, 1실점(1자책).

투구 결과는 나쁘지 않았지만 5이닝을 채우지 못하며 승패 없이 물러났다.

두 번째 선발 등판 경기는 9월 3일에 치렀다.

상대는 레즈.

이날 알렉스 레이야스는 처음으로 퀄리티스타트를 끊으며 6이닝 6피안타 2사사구 7탈삼진 2실점(2자책) 호투를 펼쳤다.

이후 두 경기에서 연속 롱 릴리프로 활약하다가 오늘 다시 3번째 선발 경기를 갖게 되었다.

알렉스 레이야스의 선발 두 경기 성적은 10.2이닝, 평균자책점 2.53였다.

불펜에 있을 때보단 자책점이 높아지긴 했지만 선발 투수들의 기준으로 봤을 때는 수준급이었다.

반면 강동원은 3경기에 등판해 7이닝 동안 무실점에 피안타 3개 사사구 1개 탈삼진 10개를 기록 중이었다.

불펜에서만 공을 던졌으니 알렉스 레이야스와의 직접적인 비교는 쉽지 않았다. 하지만 샌프란시스코 언론에서는 강동원이 탈삼진 능력에 있어서만큼은 알렉스 레이야스를 앞서고 있다고 평가하기도 했다.

알렉스는 평균 96mile/h(≒154.5㎞/h) 이상의 빠른 포심 패스트볼과 메이저리그급에 걸맞은 수준 높은 커브를 구사하고 있었다. 거기다 체인지업과 슬라이더까지 갖추고 있었다.

포심 패스트볼과 커브, 슬라이더, 체인지업.

거기에 신인 우완 투수.

데이터만 나열했을 때 강동원과 비슷한 유형의 투수였다.

게다가 알렉스 레이야스는 강동원처럼 두 종류의 커브를 던질 줄 알았다.

힘 있게 꺾이는 파워 커브.

그리고 큰 각을 이루는 슬로우 커브.

'어디 어떻게 던지나 볼까?'

강동원은 호기심어린 눈으로 알렉스 레이야스를 바라봤다. 때마침 자이언츠의 공격이 시작됐다.

5

알렉스 레이야스는 몸을 푼 후 잠시 마운드를 내려갔다.

그곳에서 자신만의 의식을 치르듯 모자를 벗고 조용히 눈을 감은 후 고개를 숙였다.

그렇게 약 10여 초 후 알렉스 레이야스는 모자를 고쳐 쓰고 마운드에 올랐다. 그사이 자이언츠의 1번 타자 다나드 스팬이 좌타석에 들어섰다.

'오늘은 제구를 잡았나 볼까?'

다나드 스팬이 방망이를 단단히 움켜 들었다. 알렉스 레이야스는 신예답지 않게 까다로운 투수였다. 높은 타점에서 내리꽂는 포심 패스트볼의 구속은 최고 99mile/h(≒159.3㎞/h)까지 나오기도 했다.

게다가 수준급 커브도 까다로웠다. 82mile/h(≒131.9㎞/h) 날아와 12시에서 6시로 떨어지는 각도가 명품이었다.

하지만 알렉스 레이야스에게도 치명적인 단점이 있었다. 바로 제구. 한 번 흔들리기 시작하면 답이 없었다.

'자, 어디 던져 보라고!'

다나드 스팬은 오늘 경기 승리를 위해 알렉스 레이야스의 제구가 흔들리길 바랐다. 흔들리지 않는다면 어떻게 해서든 흔들어 놓을 생각이었다.

그러나 알렉스 레이야스–야디에르 모리나 배터리도 바보는 아니었다. 다나드 스팬을 어렵게 승부해 봐야 좋을 게 없다는 걸 알고 초구부터 공격적인 피칭을 선보였다.

후앗!

알렉스 레이야스의 손끝을 빠져나간 빠른 공이 거의 한복판으로 날아들었다. 가급적이면 초구를 걸러내려 했던 다나드 스팬도 어쩔 수 없이 방망이를 내돌릴 수밖에 없었다.

따악!

거의 방망이 중심에 걸린 타구가 쭉 하고 뻗어 나갔다. 타격음만 봐서는 장타가 확실해 보였다.

하지만 다나드 스팬은 웃지 못했다. 임팩트 순간 제대로 힘을 싣지 못한 것이다.

높이 떠올랐던 타구는 중견수 랜달 그린척의 글러브 안에 빨려 들어갔다.

"후우……."

까다로운 선두 타자를 공 하나로 잡아낸 알렉스 레이야스가 여유롭게 손에 묻은 로진 가루를 불어냈다. 그리고 한참이 지나서야 2번 타자 아르헨 파건이 타석으로 들어섰다.

슥. 스윽.

우타자인 아르헨 파건은 타석에 들어서자 스파이크로 땅을 골랐다. 어떻게 해서든 알렉스 레이야스의 집중력을 흐트러뜨리겠다는 계산이었다.

하지만 구심은 쓸데없이 시간이 지체되는 걸 원치 않았다.

"자리 잡아. 빨리."

구심의 닦달아 아르헨 파건이 마지못해 방망이를 들어 올렸다. 그러자 알렉스 레이야스가 기다렸다는 듯이 공을 내던졌다.

후앗!

알렉스 레이야스의 손끝을 빠져나간 공이 바깥쪽에 아슬아슬하게 파고들어 왔다.

아르헨 파건은 당연히 볼이라고 여겼다. 하지만 비스트 포지를 평범한 포수로 만들 만큼 압도적인 수비 능력을 선보이는 야디에르 모리나는 마지막 순간에 미트를 움직여 빠져나가는 공을 스트라이크존 안으로 끌어당겨 버렸다.

"스트라이크!"

구심도 일말의 망설임 없이 스트라이크를 선언했다.

"저게 스트라이크라고?"

아르헨 파건의 입에서 헛웃음이 터져 나왔다. 살짝 아슬아슬하다고 느껴지긴 했지만 구심이 단호하게 스트라이크를 외칠 정도는 결코 아니라고 판단한 것이다.

'모리나에게 한 방 먹었군.'

아르헨 파건은 고개를 살짝 흔들며 다시 타석에 들어섰다. 그러자 알렉스 레이야스가 곧바로 와인드업을 시작했다. 아르헨 파건에게 생각할 시간을 주지 않기 위해 금세 사인 교환을 마친 모양이었다.

후앗!

알렉스 레이야스의 손끝을 빠져나간 공이 초구와 거의 같은 코스로 날아들었다.

아르헨 파건은 이번에도 스트라이크라고 판단하고 방망이를 휘둘렀다. 그런데 포심 패스트볼이라 여겼던 공이 마지막 순간에 뚝 하고 떨어져 내려 버렸다.

'체인지업!'

아르헨 파건은 뒤늦게 아차 싶었다. 하지만 이미 돌아간 방망이를 멈춰 세우는 데는 실패했다.

따악!

방망이 끝에 걸린 타구가 힘없이 투수 정면으로 굴러갔다.

알렉스 레이야스는 여유롭게 공을 잡아 1루수 맷 카펜터스에게 던졌다.

"아웃!"

1루심이 가볍게 주먹을 들어 올렸다.

다나드 스팬에게 공 하나를 던져 중견수 플라이로 돌려세우고 아르헨 파건에게는 공 두 개를 던져 투수 앞 땅볼로 유도했다.

두 개의 아웃 카운트를 잡아내는 데 던진 공은 단 세 개.

"대단하네."

강동원은 마운드 위에 선 알렉스 레이야스가 순간 크게 느껴졌다.

물론 자이언츠 타자들이 적극적으로 공격을 하는 탓도 없지 않았다. 하지만 이대로 가다가 알렉스 레이야스에게 철저하게 농락당하면 어쩌나 걱정이 들었다.

무엇보다 카디널스에는 비스트 포지 못지않은 전설급 포수가 앉아 있었다.

야디에르 모리나.

믿을 만한 포수가 공을 받아준다는 게 얼마나 든든한 일인지 강동원은 누구보다 잘 알고 있었다.

그렇게 강동원이 속으로 한숨을 삼키는 사이 3번 타자 비스트 포지가 타석에 들어섰다.

비스트 포지는 스파이크로 타석의 흙을 고른 후 자신의 포지션에 맞게 섰다. 그리고 마운드에 있는 알렉스 레이야스를 날카롭게 노려보며 초구를 기다렸다.

알렉스 레이야스는 기다렸다는 듯이 왼발을 차올렸다.

후앗!

알렉스 레이야스의 손끝을 빠져나간 공이 큰 포물선을 그리며 날아들었다.

커브.

앞선 두 타자와 달리 초구부터 커브를 선택한 것이다.

정중앙으로 날아오던 공이 큰 포물선을 그리며 떨어졌다.

그러나 비스트 포지는 어깨만 움찔거릴 뿐 끝내 방망이를 내밀지 않았다.

포수 야디에르 모리나가 마지막 순간에 공을 들어 올려봤지만 이번에는 구심이 속지 않았다.

"후우……."

비스트 포지의 입에서 안도의 한숨이 흘러나왔다.

초구가 볼이 된 상황에서 알렉스 레이야스는 망설이지 않고 곧바로 2구를 내던졌다.

후앗!

알렉스 레이야스의 손을 빠져나간 공이 바깥쪽 높은 코스를 파고들었다. 이번에도 살짝 빠져나가는 느낌이었지만 야디에르 모리나가 절묘하게 프레이밍을 하며 스트라이크 판정을 받아냈다.

'역시 모리나야. 저 코스까지는 염두에 둬야겠어.'

비스트 포지는 포수답게 야디에르 모리나의 프레이밍을 인정했다. 볼을 스트라이크로 만드는 것이야말로 포수에게 가장 필요한 기술 중 하나였다.

게다가 야디에르 모리나 덕분에 구심의 스트라이크존을 파악하는 게 수월해졌다.

'대충 이 정도란 말이지.'

비스트 포지는 스트라이크존을 머릿속에 그려 넣으며 방

망이를 움켜쥐었다. 그리고 잠시 후.

후앗!

알렉스 레이야스가 3구를 내던졌다. 이번에는 약간 높게 형성된 공이었다. 그런데 속도가 느리고 회전이 많아 보이는 공이었다.

'커브인가!'

구종을 파악한 비스트 포지가 있는 힘껏 방망이를 휘둘렀다.

따악!

비스트 포지의 방망이 중심부에 커브가 걸려들었다. 하지만 애석하게도 비스트 포지의 스윙이 조금 빨랐다. 공의 밑부분을 건드리며 타구가 높이 치솟아버렸다.

"젠장!"

느낌만으로 아웃이라는 걸 알아챈 비스트 포지는 그대로 방망이를 던진 후 천천히 1루로 뛰어갔다.

그사이 중견수 랜달 그린척이 뒤로 조금 물러나면서 낙구 지점을 찾았다. 비스트 포지는 공이 다른 곳으로 흘러가기라도 바랐지만 야속하게도 공은 그대로 랜달 그린척의 글러브 안에 빨려 들어가 버렸다.

쓰리 아웃.

알렉스 레이야스는 총 6개의 공으로 자이언츠 세 타자를 깔끔하게 요리했다. 그러고는 여유롭게 마운드를 내려가 동료들과 하이파이브를 나누었다.

'후우……. 이제 내 차례야.'

더그아웃에 앉아 있던 강동원이 모자를 깊게 눌러썼다. 그리고 옆에 고이 모셔놓은 자신의 글러브를 챙겨 자리에서 일어나 더그아웃을 벗어났다.

강동원은 뜨겁게 쏟아지는 조명을 받으며 마운드를 올랐다. 원정 경기라고는 해도 어느 정도 기대했건만, 뜨거운 환호성은 들리지 않았다. 아무래도 루키다 보니 관중들조차 불안함을 감추지 못하고 있었다.

하지만 강동원은 크게 개의치 않았다. 자신을 향한 관중들의 불안한 표정을 금세 기쁨과 환희로 바꿀 준비가 되어 있었다.

"동원아, 넌 할 수 있어. 할 수 있어."

강동원은 속으로 혼잣말을 중얼거렸다. 그리고 긴장을 풀듯 발끝으로 애꿎은 마운드 위의 흙을 파댔다.

그렇게 한참 동안 마운드를 골랐을 때 포수석으로 포수 한 명이 들어왔다. 그런데 늘 보던 비스트 포지가 아니었다.

'어라? 누구지?'

비스트 포지는 더그아웃에서 장비를 착용할 시간이 필요했다. 그래서 백업 포수가 강동원의 어깨를 풀어줄 요량으로 먼저 그라운드에 나온 모양이었다.

"이봐, 루키! 공은 나한테 던져! 포지가 없는 동안은 나랑 놀면 된다고!"

강동원은 10개가량 공을 던지며 몸을 풀었다. 그렇게 연습 투구가 끝마칠 때쯤 비스트 포지가 나왔다.

"강! 준비됐어?"

비스트 포지가 마운드에 올라와 강동원의 컨디션을 살폈다.

"네, 포지. 준비됐어요."

강동원이 상기된 얼굴로 고개를 끄덕였다.

"그래, 선발이라고 다를 거 없어. 긴장하지 말고, 평소처럼. 알았지?"

"네, 리드하는 대로 확실히 던질게요."

"그래, 나만 믿고 따라오라고."

비스트 포지가 강동원의 어깨를 툭 때리고는 포수석으로 돌아갔다. 그 사이 타석에 카디널스 1번 타자 맷 카펜터스가 들어왔다.

좌타석에 자리를 잡은 맷 카펜터스는 트레이드마크인 텁수룩한 수염을 자랑하며 강동원을 빤히 노려보았다.

"후우……"

강동원은 길게 숨을 골랐다. 맷 카펜터스는 메이저리그에서도 최고의 1번 타자 중 한 명으로 꼽히고 있었다.

빠른 공에 강점을 보이며 수비보다는 주루, 주루보다는 타격에 탁월한 센스를 가지고 있는 타자였다.

"후우, 긴장하지 말자."

강동원은 다시금 심호흡을 하며 마음을 다잡았다. 그사이 비스트 포지가 가랑이 사이로 손가락을 움직이며 사인을 보냈다.

초구 사인은 바깥쪽 포심 패스트볼이었다.

구심의 바깥쪽 스트라이크존을 확인하기 위해 홈 플레이트에서 공 두 개 정도 벗어난 코스로 공을 요구했다.

사인을 확인한 강동원은 단단히 고개를 끄덕였다. 그리고 메이저리그 선발로서 첫 번째 공을 던졌다.

후앗!

강동원의 손끝을 빠져나간 공이 정확하게 비스트 포지가 원하는 코스로 날아들었다.

퍼엉!

묵직한 포구 소리가 기분 좋게 울렸다. 초구 스트라이크면 좋았겠지만 애석하게도 구심의 스트라이크 콜은 울리지 않았다. 약간 바깥으로 빠졌다고 판단한 모양이었다.

"괜찮아. 잘했어, 강!"

비스트 포지가 고개를 끄덕이며 강동원에게 공을 돌려주

었다. 그사이 맷 카펜터스도 장갑을 다시 고쳐 낀 뒤에 타석에 들어섰다.

'또 빠른 공을 요구하려나?'

강동원은 비스트 포지가 스트라이크를 잡기 위해 포심 패스트볼이나 슬라이더를 요구할 거라 여겼다. 하지만 정작 비스트 포지는 빠르게 커브 사인을 내주었다.

'까다로운 타자야. 어렵게 승부할 거 없어. 자신 있는 공으로 빠르게 승부하자.'

고교 시절부터 마이너리그에 이르기까지 선발로 주로 활약해 온 강동원은 투구 수에 대한 걱정이 없었다. 하지만 오늘 경기에서 강동원을 5이닝 이상 끌고 가야 한다는 미션을 받은 비스트 포지의 생각은 달랐다.

메이저리그와 마이너리그는 수준이 달랐다. 그렇다 보니 최대한 투구 수를 아끼는 방향으로 투수 리딩을 가져가는 듯했다.

"맞혀 잡자는 말이죠? 오케이. 알겠습니다."

강동원도 군말 없이 고개를 끄덕였다. 그러고는 글러브 안에서 커브 그립을 말아 쥐었다.

언제나 느끼는 것이지만 메이저리그의 공은 정말 매끄러웠다. 초반 마이너리그에서 이 공에 적응을 하지 못해 커브가 엉망이 된 적이 있었다.

그때부터 24시간 한시도 손에서 공이 떨어져 본 적이 없었다. 손가락 끝의 미세한 감각까지 최대한 끌어올리기 위해서였다. 그렇게 1달을 꼬박 채우고 나서야 공에 익숙해졌고, 자신이 원하는 커브를 제대로 던져 볼 수 있었다.

어쨌든 지금은 완벽하게 공에 적응되어 있었다.

'좋아, 그럼 어디 이걸 한번 쳐 보시지.'

강동원은 씩 웃으며 공을 내던졌다.

후앗!

강동원의 손끝을 빠져나간 공이 우타자의 바깥쪽으로 흘러 나갔다. 그것을 맷 카펜터스가 놓치지 않았다.

따악!

제법 묵직한 타격음과 함께 타구가 높이 치솟았다. 하지만 그뿐. 멀리 뻗어 나가진 못했다.

잠시 제자리에 서 있었던 중견수 다나드 스팬이 성큼성큼 앞쪽으로 달려 나와 공을 잡았다. 제아무리 맷 카펜터스라 해도 처음 보는 강동원의 커브를 제대로 공략하기란 쉬운 일이 아니었다.

"좋았어!"

까다로운 첫 타자를 공 두 개로 잡아낸 강동원의 표정이 한결 밝아졌다. 그사이 2번 타자 알레디미스 디아르가 빈 타석에 들어섰다.

알레디미스 디아르는 강동원처럼 이번 시즌에 깜짝 콜업된 신인이었다. 카디널스의 주전 유격수 제이 페랄타가 시범 경기 중 부상을 당해 대체 선수로 올라온 선수였다.

출신 국가는 쿠바. 90년생으로 젊고 어린 타자답게 성급하게 방망이를 휘두르는 단점을 가지고 있었다. 하지만 워낙에 힘이 좋아 방망이에 걸리기만 하면 곧잘 담장 밖으로 타구를 넘겨 버렸다.

1번 타자 맷 카펜터스만큼은 아니지만 알레디미스 디아르도 경계 대상 중 하나였다. 그러나 강동원은 상대의 경력만 보고 알레디미스 디아르를 얕보았다.

그래서 초구 바깥쪽으로 포심 패스트볼을 던질 때 살짝 욕심을 냈다. 아슬아슬한 코스보다는 조금 안쪽으로 밀어 넣어 확실하게 스트라이크 판정을 받겠다고 생각한 것이다.

그것을 알레디미스 디아르는 놓치지 않았다.

따악!

방망이 중심부에 정확히 걸린 타구가 1루수 브래드 벨트의 키를 훌쩍 넘기고는 우익수 방면으로 굴러갔다.

그사이 알레디미스 디아르는 1루를 돌아 2루로 향했다. 우익수 헌터 페이스가 재빨리 공을 잡아 중계 플레이를 시도했지만 그때는 이미 알레디미스 디아르가 2루에 안착한 후였다.

"하아……."

강동원은 첫 2루타를 맞은 후 고개를 흔들었다. 욕심을 부리다 공이 몰렸다는 것을 스스로 인지한 것이다.

'성급했어. 내가 너무 성급했던 거야.'

그렇게 속으로 중얼거리며 강동원은 마음을 다잡았다. 비스트 포지도 포수석에서 일어나 괜찮냐는 제스처를 보냈다.

"괜찮아요, 포지. 내 잘못이에요."

강동원이 손을 들어 제 가슴을 두드렸다. 그 모습이 어찌나 자연스럽던지 비스트 포지는 피식 웃음이 터져 버렸다.

'저 녀석, 정말 스무 살도 안 된 루키 맞아? 이런 상황에서 어떻게 저렇게 태연할 수가 있지?'

비스트 포지는 속으로 혀를 내두르며 다시 포수 마스크를 얼굴에 썼다. 그러자 타석 밖에서 기다리고 있던 3번 타자 브레이드 모스가 타석 안으로 걸어 들어왔다.

1사 주자 2루.

카디널스가 경기 초반부터 득점 기회를 잡았다.

중계진의 목소리는 실점을 예상하듯 안타까움에 가득 차 있었다.

−한국에서 온 루키 강동원, 경기 초반부터 위기에 몰렸습니다.

―너무 성급한 승부였죠. 솔직히 2루타로 끝난 게 다행이었습니다.

―이제 카디널스의 중심 타선을 상대해야 하는데요.

―실점 없이 이번 이닝을 막아낸다면 좋겠지만 글쎄요. 아마 마음을 다잡기가 쉽지 않을 것 같습니다.

―자이언츠의 벤치는 별다른 움직임이 없는데요.

―일단 경기 초반이고 비스트 포지가 있으니까 맡겨 보겠다는 생각인 것 같은데 어떤 결과가 나올지 지켜봐야겠습니다.

브레이드 모스는 83년생 좌타자였다. 3번 타순에 배치될 만큼 장타력은 물론 타격에도 큰 장점을 보이는 선수였다.

브레이드 모스가 타석에 들어서자 강동원은 타석이 가득 찬 것 같은 착각이 들었다. 한 덩치 하는 백인 선수가 단단히 방망이를 들고 서 있으니 공을 던질 틈조차 보이지 않았다.

"브레이드 모스도 엄청 크네."

강동원의 얼굴에 긴장감이 번지자 비스트 포지가 히죽 웃으며 사인을 보냈다.

'걱정 마. 이 녀석은 힘만 세지, 별 볼 일 없으니까. 넌 내가 던지라는 곳에만 집중해.'

비스트 포지가 마스크 사이로 눈을 반짝이며 바깥쪽 포심 패스트볼을 요구했다.

'강! 무릎 높이로 들어와야 해. 조금 전처럼 몰리면 안 돼.'

포지의 미트가 바깥쪽 낮은 코스 위에 미트를 걸쳐 들었다. 그것을 확인한 강동원이 크게 호흡을 내뱉은 후 왼발을 힘껏 내 찼다.

후앗!

강동원이 힘차게 내던진 공이 정확하게 비스트 포지의 미트에 파묻혔다.

"스트라이크!"

주심의 손이 가볍게 올라갔다.

전광판에 찍힌 구속은 95mile/h(≒152.9㎞/h).

그리 빠른 공은 아니지만 브레이드 모스의 눈에는 제법 까다롭게 느껴졌다.

브레이드 모스는 타석에서 벗어나 방망이를 크게 몇 번 휘두르고는 다시 타석에 들어섰다. 그러자 비스트 포지가 망설이지 않고 2구째 사인을 냈다.

코스는 바깥쪽.

구종은 체인지업.

초구 포심 패스트볼로 시선을 사로잡았으니 체인지업으로 타이밍을 빼앗자는 이야기였다.

강동원은 이번에도 고개를 끄덕였다. 그리고 비스트 포지가 요구한 그곳에 정확하게 체인지업을 던졌다.

하지만 유인구 승부를 예상한 듯 브레이드 모스는 방망이를 내밀지 않았다. 약간 낮았는지 주심의 손도 올라가지 않았다.

'뭐야? 이 공에 꿈쩍도 하지 않았다고? 오늘 컨디션이 좋은 모양인데?'

비스트 포지는 평소답지 않은 브레이드 모스의 신중함에 살짝 놀란 표정을 지었다. 그러고는 잠시 고민을 한 뒤에 3구째 사인을 보냈다.

'좋아, 모스. 만약 이 공에도 반응을 안 한다면 인정해 주지.'

비스트 포지가 속으로 중얼거리며 몸 쪽 포심 패스트볼을 요구했다. 코스는 어깨 높이. 타자들이 반사적으로 가장 많이 방망이를 내돌리는 하이 패스트볼이었다.

강동원은 이번에도 단단히 고개를 끄덕인 후 포지가 요구하는 곳으로 정확하게 공을 던졌다.

후앗!

강동원의 손끝을 빠져나간 공이 곧장 브레이드 모스의 몸 쪽으로 날아들었다. 그러자 브레이드 모스가 참지 못하고 곧바로 방망이를 내돌렸다.

따악!

살짝 먹힌 듯한 타구가 높이 뜨더니 중견수 방향으로 날아갔다.

자이언츠 중견수 다나드 스팬은 뒤쪽으로 열 걸음 정도 물러난 뒤 공을 잡았다.

그런데 그 순간.

"지금이야!"

2루에 있던 알레디미스 디아르가 과감하게 3루를 노리며 내달렸다.

설마 이 정도 플라이에 태그 업 플레이를 하리라고는 예상치 못한 듯 다나드 스팬은 제때 공을 던지지 못했다. 게다가 송구마저 살짝 빗나갔다.

그렇게 1사 2루가 2사 3루 상황으로 바뀌었다.

그리고 타석에 카디널스의 4번 타자, 스티브 피스코티가 등장했다.

ㅡ강동원, 2사 이후지만 완전히 위기에 몰린 상황입니다. 주자를 3루에 둔 상태에서 4번 타자를 상대해야 합니다.

ㅡ스티브 피스코티를 상대하는 것도 중요하지만 제구에 신경 써야 합니다. 여기서 폭투가 나오면 그대로 한 점을 헌납하게 될 테니까요.

ㅡ아무래도 강동원의 결정구인 커브 구사는 쉽지 않을 것 같은데요.

─강동원의 커브가 워낙 낙차가 좋으니까요. 높은 코스라면 모르겠지만 낮은 쪽에서 형성되는 커브는 쉽게 던지지 못할 가능성이 높아 보입니다.

중계석은 아직 위기가 끝나지 않았다며 긴장감을 고조시켰다.

2사 3루 상황에서 루키와 4번 타자의 대결이었다.

열에 아홉은 실점을 상상할 수밖에 없었다.

"후우……."

강동원도 길게 숨을 고르며 스티브 피스코티를 똑바로 바라봤다.

스티브 피스코티는 2012년 드래프트에서 카디널스에 입단한 선수였다. 본래 3루 포지션에서 활약하다가 입단 이후에 외야수로 전향하며 타격 감각에 눈을 뜨기 시작했다.

좋은 근력과 스윙을 갖고 있는 선수로 견고한 컨택 능력과 수준급 파워를 보여주고 있다. 특히 스트라이크존에 들어오는 공에 대해서는 인정사정 봐주지 않는 스타일이었다.

아직 경험이 부족하긴 했지만 스티브 피스코티는 메이저리그 4번 타자로서의 재능을 충분히 갖추고 있었다.

그러나 비스트 포지는 스티브 피스코티를 어떻게 공략할지에 대한 준비를 일찌감치 끝마친 뒤였다.

'강, 긴장할 거 없어. 이번에도 바깥쪽에서 놀아보자.'

비스트 포지가 초구에 바깥쪽 사인을 냈다. 강동원도 고개를 끄덕이고는 비스트 포지의 미트를 향해 있는 힘껏 공을 내던졌다.

후앗!

강동원의 손끝을 빠져나간 공이 빠르게 홈 플레이트 바깥쪽으로 날아들었다.

하지만 긴장한 탓일까. 비스트 포지가 요구했던 것보다 공 반 개 정도가 바깥쪽으로 벗어나 있었다.

파앗!

비스트 포지가 마지막 순간 프레이밍을 시도해 봤지만 구심의 스트라이크 콜은 들리지 않았다.

"도망치는 건가?"

스티브 피스코티가 피식 웃으며 중얼거렸다. 초구부터 바깥쪽으로 빠져나가는 공을 보니 자신을 고의사구로 거르는 거라고 착각한 모양이었다.

하지만 비스트 포지는 차라리 잘됐다고 여겼다.

'그렇게 생각한다면 허를 찔러줘야지.'

비스트 포지가 씩 웃으며 사인을 보냈다. 그것을 본 강동원이 곧바로 눈을 크게 떴다.

'벌써요? 이제 2구째인데…….'

'상관없어, 녀석이 널 우습게 보고 있으니까 지금이 기회야.'

비스트 포지의 과감한 사인에 강동원은 약간 놀란 표정이었다. 하지만 곧바로 고개를 끄덕였다.

'알겠습니다.'

강동원이 비스트 포지의 미트를 향해 힘껏 공을 내던졌다.

후앗!

강동원의 손끝을 빠져나간 공이 몸 쪽 높은 코스로 날아들었다.

'높은 패스트볼!'

스티브 피스코티는 씩 웃으며 방망이를 내돌렸다. 비스트 포지가 볼을 요구했는데 멍청한 루키가 실투를 던진 거라고 확신했다.

그런데 포심 패스트볼처럼 날아들던 공이 마지막 순간에 뚝 하고 가라앉아 버렸다.

변형 커브.

그 움직임을 스티브 피스코티는 제대로 따라잡질 못했다.

따악!

손잡이 쪽에 걸린 타구가 곧바로 3루수 에두아르 누네스의 정면으로 굴러갔다. 에두아르 누네스는 자신의 가슴으로 날아든 공을 가볍게 받아든 뒤 1루수 브래드 벨트를 향해 빠르게 내던졌다.

펑!

브래드 벨트의 글러브 속에 공이 빨려들어 가기가 무섭게
1루심이 오른팔을 들어 올렸다.

쓰리 아웃.

그렇게 카디널스의 1회 말 공격이 허무하게 끝이 났다.

"나이스 피칭!"

"잘했어! 강!"

2사 3루 위기를 잘 막아낸 강동원을 향해 동료들이 앞다투
어 손바닥과 주먹을 내밀었다. 강동원도 그제야 긴장을 풀고
는 동료들과 기쁨을 함께했다.

"후우……."

더그아웃 의자에 앉은 강동원은 수건으로 땀을 닦아냈다.
고작 1이닝을 던졌을 뿐인데 벌써 등판이 축축하게 젖어 있
었다.

그때 포수 비스트 포지가 강동원에게 다가왔다.

"강!"

"포지!"

"굿 잡! 아주 좋았어. 계속해서 그렇게만 던지면 돼. 전체
적으로 공의 무브먼트도 좋고 특히나 커브는 아주 인상적이
었어."

"하하. 고마워요."

강동원이 멋쩍게 웃었다. 명품 포수라는 수식어가 아깝지 않을 만큼 비스트 포지는 경기를 할 때나 더그아웃에 있을 때나 늘 투수들을 편하게 만들어주었다.

하지만 그렇다고 해서 마냥 비스트 포지의 칭찬에 들떠 있을 수는 없었다.

"그래도 안타를 맞았어요."

강동원은 욕심을 부리다 2루타를 얻어맞은 걸 떠올렸다. 그러자 비스트 포지가 씩 웃으며 강동원의 등을 툭 때렸다.

"솔직히 말해봐. 알레디미스 디아르를 우습게 봤지?"

"그, 그게……."

"강, 너도 그렇지만 알레디미스 디아르도 능력이 있으니까 메이저리그에 머물고 있는 거야. 그리고 메이저리그 타자들은 경력이 짧다고 함부로 무시해서는 안 돼."

비스트 포지가 모처럼 잔소리를 늘어놓았다. 나직한 목소리였지만 강동원은 비스트 포지의 한 마디, 한 마디에 조용히 고개를 끄덕였다.

"그리고 이미 맞은 안타는 깨끗이 잊어버리는 게 좋아. 넌 오늘 선발 투수야. 네 표정이 굳어 있으면 다른 선수들도 마음이 불편해진다고. 그러니까 당당히 고개 들고 경기를 지켜봐."

비스트 포지가 강동원의 어깨를 힘껏 움켜쥐었다.

"네, 포지."

강동원은 비스트 포지의 조언을 듣고 고개를 들었다. 그때 팀의 4번 타자인 헌터 페이스의 방망이가 크게 헛돌았다.

결과는 헛스윙 삼진.

"젠장할!"

헌터 페이스가 더그아웃으로 돌아오며 욕을 내뱉었다.

그 모습을 본 강동원이 쓴웃음을 흘렸다. 그리고 힐끔 전광판을 바라보았다.

전광판에는 무려 99mile/h(≒159.3㎞/h)이라는 구속이 찍혀 있었다.

'빠, 빠르다.'

강동원은 눈을 크게 뜨며 상대팀 선발 투수인 알렉스 레이야스를 바라보았다. 공교롭게도 알렉스 레이야스 역시 강동원을 바라보고 있었다.

두 사람의 눈빛이 서로 허공에 교차했다. 하지만 알렉스 레이야스는 이내 강동원을 무시하듯 휙 하고 시선을 돌려 버렸다.

마치 강동원 따위를 의식한 게 못마땅하기라도 한 것처럼 말이다.

알렉스 레이야스는 한동안 애꿎은 마운드만 괴롭혔다. 그렇게 잠시 분풀이를 한 뒤에 다시 야디에르 모리나와 사인을 주고받았다.

타석에는 5번 타자 브래드 벨트가 들어서 있었다.

원래 외야수였던 브래드 벨트는 타격에 전념하기 위해 수비 부담이 적은 1루수로 전향을 했다.

그 결과 홈런과 장타력이 대폭 상승했다. 자이언츠의 중심 타선에 중량감을 더해주고 있다는 평가가 쏟아질 정도였다.

하지만 후반기 들어와서는 타격이 조금 주춤한 상황이었다. 자연스럽게 홈런 또한 잘 나오지 않게 되었다.

타자라면 누구나 겪는 슬럼프가 찾아온 것이다.

그래서인지는 몰라도 브래드 벨트는 최근 들어 조급함에 빠져 있었다.

나쁜 공에 방망이가 나가고, 잘 맞은 공은 야수 정면으로 향했다. 그러면서 타격 밸런스는 점점 무너져 갔다.

그 사실을 잘 알고 있는 야디에르 모리나는 초구부터 과감하게 리드를 했다.

한복판 포심 패스트볼.

퍼엉!

묵직한 포구음이 날 정도로 빠른 공이 정직하게 날아들었지만 브래드 벨트는 방망이를 내밀지 못했다. 2구, 하이 패스트볼이 날아들자 이번만큼은 놓치지 않겠다며 이를 악물고 방망이를 내돌려 봤지만 헛스윙을 하고 말았다.

투 스트라이크 노 볼.

볼카운트가 순식간에 불리해지자 브래드 벨트의 인내심도 바닥을 드러냈다.

"젠장! 오늘따라 왜 이렇게 공이 안 맞아!"

브래드 벨트는 괜히 방망이에 화풀이를 하였다. 그 모습을 지켜보며 야디에르 모리나가 의미심장한 웃음을 흘렸다.

그리고 이어진 3구째 승부는 바깥쪽으로 휘어져 나가는 슬라이더였다. 그대로 놔두면 볼이 될 공이었지만.

따악!

브래드 벨트는 그 공을 힘껏 잡아당겨 3루수 땅볼을 때리고 말았다.

"으아아악! 제기랄!"

브래드 벨트는 방망이를 내동댕이치며 크게 고함을 질러 댔다. 좋은 공은 놓치고 나쁜 공에 손이 나간 스스로에게 화가 나 견딜 수가 없었다.

더그아웃으로 돌아온 이후에도 브래드 벨트는 흥분을 가라앉히지 못했다. 하지만 그 누구도 브래드 벨트에게 뭐라고 하지 않았다. 그저 스스로 평정심을 찾도록 가만히 지켜볼 뿐이었다.

투 아웃.

주자 없는 상황에서 6번 타자 브래드 크로포트가 타석에 들어섰다. 브래드 크로포트는 유격수답게 날렵한 몸매를 소유한 타자였다.

좋은 체격 조건답게 브래드 크로프트는 수비력이 좋았다. 하지만 타석에서 참을성이 없었다. 장타력은 있지만 타율이 2할대 초반에 머무르고 있었다.

타석에 들어선 브래드 크로포트는 타격 자세를 취하며 다리를 까닥까닥거렸다. 그러자 투수 알렉스 레이야스가 피식 웃더니 초구부터 포심 패스트볼을 내던졌다.

후앗!

알렉스가 던진 공은 타자에게 가장 멀어 보이는 바깥쪽 모서리로 빠르게 날아갔다. 그러자 브래드 크로포트가 뭐에 홀린 듯 방망이를 내돌려 공을 툭 하고 건드렸다.

따악!

빗맞은 듯한 타구가 그대로 데구루루 굴러 유격수와 3루수 사이로 흘러갔다.

"아……!"

강동원은 자신도 모르게 아쉬움을 내뱉었다. 하지만 비스트 포지는 아직 속단하긴 이르다며 눈을 반짝였다.

"강! 잘 봐!"

뭔가를 느낀 비스트 포지가 자리에서 벌떡 일어나며 소리쳤다. 그 순간.

타구를 앞서 잘라내려던 3루수 제드 지코의 글러브 밑으로 타구가 쑥 하고 지나가 버렸다. 뒤이어 유격수 알레디미스 디아르가 공을 건져 들었을 때는 이미 브래드 크로포트가 1루에 거의 다 도착한 뒤였다.

"크으!"

알레디미스 디아르는 송구를 포기했다. 역동작으로 빠른 발을 가지고 있던 브래드 크로포트를 잡아내기란 쉽지 않다고 판단한 것이다.

그렇게 브래드 크로포트의 타구는 내야 안타로 기록됐다.

"후우……."

강동원의 입에서 절로 안도의 한숨이 흘러나왔다.

반면 알렉스 레이야스는 흥분을 감추지 못했다.

"젠장할!"

제드 지코가 조금만 더 빨리 움직였더라면 아웃시킬 수 있는 타구였는데. 정타도 아니고 빗맞은 타구에 주지 않아도 될 안타를 줘버렸으니 짜증이 치솟았다.

덩달아 애써 지켜왔던 알렉스 레이야스의 평정심이 와르르 무너져 내렸다.

"알렉스! 정신 차려!"

포수 야디에르 모리나가 마음을 가라앉히라고 수신호를 보냈지만 알렉스 레이야스는 그럴 수 없었다. 내야 안타도 잊히지 않았지만 운 좋게 살아나간 브래드 크로포트가 1루에서 자꾸 자신의 심기를 건드리고 있었다.

슥. 스윽.

브래드 크로포트는 리드 폭을 넓게 잡고, 당장에라도 도루를 하겠다는 듯 알렉스 레이야스를 자극했다.

'도루를 할 거면 하든가. 간이라도 보는 거야 뭐야?'

알렉스 레이야스가 매서운 눈으로 브래드 크로포트를 노려보았다. 하지만 브래드 크로포트는 1루로 걸음을 되돌릴 마음이 없어 보였다.

'저 자식이!'

참다못한 알렉스 레이야스가 재빨리 1루에 견제구를 던졌다.

촤라라락!

브래드 크로포트가 재빨리 1루로 몸을 날렸다. 하지만 그것도 잠시. 알렉스 레이야스가 투구판을 밟기가 무섭게 브래드 크로프트는 다시 리드를 벌렸다.

'크으으으!'

알렉스 레이야스의 눈썹이 꿈틀거렸다. 자꾸만 브래드 크로포트가 움직여 대니 도저히 타자에게 집중할 수가 없었다.

그 과정에서 내던진 초구가 높게 들어가면서 볼이 되었다. 브래드 크로포트는 2루로 달릴 것처럼 굴다가 승부를 확인하고는 씩 웃으며 1루로 되돌아왔다.

이 과정이 반복되면서 알렉스 레이야스는 자멸했다. 결국 에두아르 누네스를 스트레이트 볼넷으로 내보내고 만 것이다.

"이런, 제기랄!"

알렉스 레이야스가 발로 마운드를 강하게 걷어찼다. 브래드 크로포트에게 신경 쓰다가 주지 말아야 할 볼넷을 주고 말았다.

그때 포수 야디에르 모리나가 냉큼 마운드 위로 올라갔다.

"알렉스, 뭐 하는 거야? 제구가 하나도 안 되고 있잖아."

"후우……."

"주자는 신경 쓰지 말고 타자에게만 집중하라고! 주자 1, 2루야. 알고는 있는 거지?"

"알고 있어."

"그래. 제발 흥분 가라앉히고, 정신 차려! 알았어?"

야디에르 모리나가 알렉스 레이야스를 모질게 몰아붙였다.

"크으으."

알렉스 레이야스도 질근 입술을 깨물었다.

2사 주자 1, 2루가 되면서 자이언츠의 득점권 찬스가 왔다. 강동원은 살짝 기대가 되었다. 비록 8, 9번 하위 타순 앞에서 찬스가 걸리긴 했지만 안타 하나면 동점이 되는 상황이었다.

"조 패인이 자신 있게 휘둘러 주면 좋을 텐데……."

강동원은 헬멧을 쓰고 대기 타석에 섰다. 그리고 대기 타석에서 준비했던 8번 타자 조 패인이 타석으로 들어갔다.

알렉스 레이야스는 야디에르 모리나의 조언을 받고, 흔들리던 마음을 추슬렀다. 그리고 조 패인을 상대로 특유의 빠른 공을 연거푸 던졌다.

초구, 97마일의 바깥쪽 높은 포심 패스트볼.

2구, 97마일의 몸 쪽 높은 포심 패스트볼

3구, 95마일의 바깥쪽 낮은 포심 패스트볼.

쉬어가는 타순인 8번 타자를 상대로 그야말로 전력투구를 펼쳤다.

조 패인은 초구와 2구를 멍하게 지켜본 뒤 3구를 간신히 걷어냈다. 그러다가 4구째 바깥쪽으로 파고든 체인지업을 참지 못하고 방망이를 내돌렸다.

따악!

방망이 안쪽에 걸린 타구가 그대로 유격수 알레디미스 디아르의 정면으로 굴러갔다. 알레디미스 디아르는 가볍게 공을 포구해 1루수 맷 카펜터스에게 내던졌다.

그렇게 2사 주자 1, 2루의 황금 같은 기회가 무산됐다.

"쳇, 아쉽지만 어쩔 수 없지."

대기 타석에서 준비 중이던 강동원은 입맛을 다시며 더그아웃으로 걸어갔다. 그리고 방망이와 헬멧을 내려두고 모자와 글러브를 챙겨 마운드로 향했다.

마운드에 올라 약 5개 정도의 공을 던져 어깨를 풀었다. 그러면서 2회 초 공격 실패의 아쉬움을 털어내려 노력했다.

'잊어버리자. 지금은 타자에 집중해야 해.'

강동원은 이래저래 뒤숭숭한 마음으로 5번 타자 야디에르 모리나를 상대했다.

비스트 포지는 초구 바깥쪽에 걸치는 포심 패스트볼을 요구했다. 강동원이 비스트 포지의 미트를 확인하고 공을 던졌다.

퍼엉!

강동원의 손끝을 빠져나간 공이 정확하게 비스트 포지의 미트에 파묻혔다.

구심의 판정은 스트라이크.

그런데 비스트 포지가 고개를 갸웃했다.

'응? 공이 살짝 몰리는데?'

앞선 이닝 때 코너웍을 요구하는 공들은 스트라이크존 가장자리를 날카롭게 찔러 들어왔다.

그런데 이번 공은 거의 한복판으로 몰리듯 들어왔다. 다행히 야디에르 모리나가 초구를 지켜봤으니 망정이지 만약 방망이를 내돌렸다면 장타를 얻어맞을 가능성이 높았다.

강동원도 자신의 공이 몰렸다는 사실에 당황했다.

'내가 왜 이러지? 고작 그것 때문에 흔들리나?'

애써 침착함을 유지한 채 2구째 체인지업을 던졌다. 그런데 강동원이 제대로 낚아채지 못했는지 공이 밋밋하게 들어갔다.

그것을 경험 많은 타자 야디에르 모리나가 놓칠 리 없었다.

따악!

힘껏 내돌린 방망이 중심부에 공이 정확하게 얹혔다.

타구는 유격수와 3루를 총알처럼 빠져나가는 안타가 되었다.

순식간에 무사 주자 1루 상황이 만들어지자 구장이 뜨겁게 달아올랐다.

"크아아아아!"

"모리나! 모리나!"

"잘했어! 나이스 안타!"

강동원은 갑자기 소란스러워진 경기장의 분위기가 불편했다. 고작 안타 하나 맞았을 뿐인데 마치 만루 홈런이라도 얻어맞은 것처럼 호들갑을 떨고 있었다.

"집중하자. 집중!"

강동원이 로진백을 주무르며 마음을 다잡았다.

그사이 타석에 6번 타자 제드 지코가 모습을 드러냈다.

비스트 포지의 사인을 받은 뒤 강동원은 1루 주자를 힐끔 바라보았다. 그런데 1루 주자 야디에르 모리나의 리드가 생각 이상으로 길었다.

'뭐지? 설마 저쪽도 도루하겠다는 건가?'

82년생인 야디에르 모리나는 노장 중의 노장이었다. 게다가 체력 부담이 큰 포수 포지션이었다. 지난 12년간 도루가 44개밖에 되지 않은 만큼 당연히 도루는 없을 것이라고 생각했다.

그런데도 야디에르 모리나는 강동원을 자극하듯 리드 폭을 넓게 가져가고 있었다. 마치 앞선 이닝 때 브래드 크로포트가 했던 걸 고스란히 되갚아주려는 것처럼 말이다.

'하, 이런 기분인가. 되게 거슬리네.'

살짝 미간을 찌푸리던 강동원이 1루 쪽으로 견제구를 던졌다.

촤라랏!

야디에르 모리나는 재빨리 1루로 몸을 날렸다. 그러다 강동원이 다시 공을 건네받자 흙이 묻은 유니폼을 툭툭 털어내고는 성큼성큼 리드 폭을 넓혀 나갔다.

'해보자 이거지?'

잠시 뜸을 들이던 강동원이 재차 견제구를 날렸다. 그러나 야디에르 모리나는 이번에도 기민한 동작으로 1루로 귀루했다. 그러고는 강동원을 바라보며 기분 나쁜 미소를 지어 보였다.

'분명 도루를 할 생각은 아닌 거 같은데…… 뭐지?'

강동원이 덩달아 미간을 찌푸렸다. 그러다 뭔가를 떠올리고는 눈을 반짝거렸다.

'가, 가만? 설마 히트 앤드 런이야?'

강동원은 침착하게 지금의 상황을 되짚었다.

선취점을 뽑으면 경기를 유리하게 끌고 갈 수 있었다. 하지만 1루 주자 야디에르 모리나는 발이 느렸다. 주루 플레이도 좋은 편이 아니었다.

만약 이 상황에서 평범한 땅볼이 나오면 더블플레이가 나올 가능성이 높았다.

그렇다 보니 더블플레이의 부담감을 떨쳐 내기 위해 카디널스 벤치에서 작전을 낸 게 틀림없었다.

'포지, 이거 작전인 거 같아요.'

강동원이 글러브를 까닥거리며 비스트 포지에게 사인을 보냈다. 비스트 포지도 이미 알고 있었다며 가볍게 고개를 끄덕였다.

'그나저나 이 녀석, 마운드 위에서 꽤나 침착하잖아?'

비스트 포지는 강동원이 다시 보였다. 그저 좋은 공을 던지는 배짱 좋은 투수라고만 여겼는데 짧은 시간에 상대 벤치의 의중을 파악할 정도로 판단력이 좋았다. 그만큼 정신력이 강하다는 의미였다.

"정말 슈퍼 루키라니까."

비스트 포지가 씩 웃어 보였다. 정작 당사자인 강동원은 여유가 없었지만 말이다.

어쨌든 카디널스의 작전이 간파된 이상 확실히 볼 배합을 바꿀 필요가 있었다.

'일단 초구는 바깥쪽으로 높게!'

사인을 확인한 강동원이 고개를 끄덕였다. 그리고 비스트 포지의 미트가 멈춰진 곳을 향해 힘차게 공을 던졌다.

퍼엉!

"스트라이크!"

갑자기 바깥쪽 높은 코스로 날카로운 공이 들어오자 제드 지코의 방망이가 헛돌았다.

반면 비스트 포지는 미트 속 공을 매만지며 미묘하게 웃음을 지었다.

'강, 진즉에 이런 공을 던졌으면 좋았잖아.'

같은 사인을 냈음에도 불구하고 이번에는 야디에르 모리나를 상대했던 때보다 공의 무브먼트가 훨씬 좋았다. 아무래도 야디에르 모리나가 주자로 나가면서 자신도 모르게 집중을 한 게 틀림없어 보였다.

'어쨌든 다시 돌아와서 기쁘군. 이래야 나도 재미나지.'

비스트 포지가 공을 던져 주며 소리쳤다.

"좋아! 강! 계속 이렇게 던져!"

다시 포수석에 앉은 비스트 포지는 2구째 느린 커브를 요구했다. 제드 지코의 머릿속에 바깥쪽 포심 패스트볼의 잔상이 남아 있을 테니 허를 찌르자는 이야기였다.

강동원은 세트포지션을 취한 뒤 빠르게 공을 던졌다.

후앗!

강동원의 손끝을 빠져나간 공이 큰 포물선을 그리며 떨어졌다. 그러자 1루에서 지켜보던 야디에르 모리나는 제드 지코가 충분히 건드릴 수 있다고 생각하고 좀 더 리드를 넓혔다.

그런데 제드 지코의 방망이는 이번에도 허공을 가르고 말았다.

"이런, 젠장할!"

야디에르 모리나는 깜짝 놀라며 재빨리 1루 귀루하려 했다. 하지만 비스트 포지가 그걸 가만히 내버려 둘 리 없었다.

'잡았다! 모리나!'

비스트 포지는 포구하자마자 그대로 1루 쪽으로 송구를 했다. 그와 동시에 야디에르 모리나도 다급히 슬라이딩을 하며 1루 베이스를 향해 손을 뻗었다.

1루수 브래드 벨트는 송구를 받기가 무섭게 야디에르한테 태그를 시도했다.

촤라라랏!

뿌연 흙먼지 속에서 브래드 벨트의 글러브와 야디에르 모리나의 손이 뒤엉켰다.

그리고 잠시 후.

"세이프!"

1루심이 양팔을 벌리며 소리쳤다.

그러자 브래드 벨트가 어이없다는 얼굴로 심판에게 말했다.

"잠깐, 잠깐. 세이프라뇨! 아웃이에요. 제가 더 빨랐다고요!"

"아니야, 모리나가 더 빨랐어."

"정말 제가 더 빨랐다니까요?"

"모리나가 더 빨랐다니까?"

브래드 벨트가 억울한 얼굴로 브루스 보체 감독을 바라보았다. 그사이 벤치 코치인 론 워스트가 어디론가 전화를 하고 있었다.

잠시 후 론 워스트 벤치 코치가 감독에게 엄지손가락을 올렸다. 그러자 재빨리 브루스 보체 감독은 주심에게 비디오 판독을 요청했다.

─챌린지입니다.

-네, 옳은 선택입니다. 브루스 보체 감독, 챌린지를 신청해야죠.

중계석에서도 가만히 있어서는 안 된다며 목소리를 높였다.

심판들은 한데 모여 뉴욕에 있는 비디오 판독 센터의 결과를 기다렸다. 그사이 카디널스 구장의 전광판에서는 계속해서 문제의 태그 장면이 리플레이 되었다.

강동원은 애써 전광판을 보지 않았다. 그저 3루수와 공을 토스 하며 어깨를 식지 않게 하였다.

그렇게 한참의 시간이 흐른 후 뉴욕에서 답이 왔다.

"아웃!"

헤드셋을 벗은 구심이 주먹을 위로 올리며 아웃을 선언했다.

"좋았어!"

강동원이 주먹을 움켜쥐며 기뻐했다.

브루스 보체 감독도 희미한 미소를 지으며 고개를 끄덕였다. 반면 야디에르 모리나는 아쉬운 얼굴로 더그아웃으로 들어갔다.

그렇게 루상의 주자를 지운 상황에서 강동원은 다시 제드 지코와 상대했다.

'하나 속여볼까?'

비스트 포지는 3구째 슬라이더를 바깥쪽으로 유도해 봤지만 제드 지코는 속지 않았다.

결국 강동원은 4구째 97mile/h(≒156.1㎞/h)의 포심 패스트볼을 바깥쪽 높은 코스에 꽂아 넣고서야 제드 지코를 삼진으로 잡아낼 수 있었다.

"후우……."

순식간에 두 개의 아웃 카운트를 잡은 강동원은 어느새 마음의 안정을 되찾았다. 그사이 타석에 7번 타자 랜달 그린척이 들어왔다.

우타석에 등장한 랜달 그린척을 상대로 강동원은 초구 바깥쪽 포심 패스트볼을 던져 헛스윙을 유도했다.

2구는 바깥쪽에서 떨어지는 체인지업. 하지만 랜달 그린척이 반응하지 않아 볼 판정을 받았다.

원 스트라이크 원 볼 상황에서 비스트 포지의 선택은 바깥쪽 슬라이더였다. 그러나 랜달 그린척은 이번에도 반응하지 않았다.

원 스트라이크 투 볼.

투수 입장에서는 스트라이크를 집어넣어야만 하는 볼카운트였다.

타자도 마찬가지였다. 분명 지금 상황에 스트라이크가 들어올 것이라 생각했다.

그래서 랜달 그린척은 방망이를 힘껏 움켜쥐었다. 스트라이크로 들어오는 공이라면 무조건 치겠다며 이를 악물었다.

후앗!

강동원의 손을 빠져나온 공이 큰 포물선을 그리며 몸 쪽 높게 날아 들어왔다.

'커브.'

랜달 그린척은 타격을 포기했다. 그런데 느린 커브가 갑자기 눈앞에서 사라지더니 주심의 오른팔이 올라갔다.

"스트라이크!"

"뭐라고요?"

랜단 그린척이 화들짝 놀라며 심판을 바라보았다.

"볼이에요. 빠졌잖아요!"

"정확하게 스트라이크존을 통과했어."

"분명 제 머리 위쪽으로 날아왔다고요."

"그렇게 높게 날아오진 않았다. 어쨌든 지금 날 믿지 못하겠다는 거야?"

"허……!"

랜단 그린척은 이해할 수 없었지만 더 이상 심판에게 토를 달수가 없었다. 구심의 표정을 보아하니 조금 더 항의했다간 퇴장이라도 선언할 것만 같았다.

'젠장, 도대체 뭐야? 왜 그게 스트라이크지?'

랜달 그린척은 아직도 이해가 되지 않는 듯 인상을 찡그리며 타석에 들어섰다.

'어쨌든 공을 신중히 보자. 투 스트라이크 투 볼이야. 스트라이크로 들어오는 공은 반드시 친다.'

랜달 그린척이 다시 질근 입술을 깨물었다. 그때 강동원이 내던진 5구가 바깥쪽 코스를 파고들었다.

퍼엉!

전광판에 96mile/h(≒154.5㎞/h)이 찍힐 만큼 빠른 포심 패스트볼이었다.

공 하나 정도가 바깥쪽으로 빠졌지만 비스트 포지는 미트를 재빨리 움직였다. 하지만 구심은 비스트 포지의 프레이밍에 속아 넘어가지 않았다.

"볼!"

비스트 포지는 살짝 아쉬운 얼굴이 되었다.

'쳇, 이정도면 스트라이크 잡아줘도 되는데. 깐깐하기는.'

강동원도 로진백을 주무르며 잠시 숨을 골랐다.

"후우……!"

강동원은 마음을 다잡은 뒤 다시금 마운드에 올랐다.

비스트 포지는 타자 쪽으로 바짝 붙어서 앉았다. 그리고 몸 쪽 포심 패스트볼 사인을 냈다.

'포심 패스트볼이라…….'

사인을 확인한 강동원이 씩 웃었다. 그리고 단단히 공을 움켜쥔 뒤 비스트 포지의 미트를 향해 힘차게 내던졌다.

후앗!

바람 소리와 함께 새하얀 공이 홈 플레이트 쪽으로 날아들었다. 그 순간.

'젠장!'

강동원의 미간이 꿈틀거렸다. 투 스트라이크 쓰리 볼이라는 부담감 때문에 공이 몰려 버리고 만 것이다.

따악!

랜달 그린척은 망설이지 않고 방망이를 내돌렸다. 방망이에 제대로 걸린 타구는 그대로 라인을 따라 쭉 뻗어 나갔다.

강동원은 타구를 살피지도 않고 그대로 고개를 숙였다. 느낌상 타구가 담장 밖으로 넘어갔다고 생각했다.

랜달 그린척도 여유롭게 1루를 향해 내달리고 있었다. 그런데 뜻밖의 상황이 벌어졌다. 타구를 한참 동안 바라보던 3루심이 돌연 양팔을 벌린 것이다.

"파울, 파울!"

강동원의 고개가 홱 돌아갔다.

'응?'

전광판을 통해 타구의 움직임이 리플레이 화면으로 펼쳐

졌다. 3루심의 판정대로 타구는 좌측 폴대를 벗어나 관중석 너머로 사라져 버렸다.

"젠장할!"

랜달 그린척은 방망이를 툭 치며 아쉬워했다. 반면 강동원은 안도의 한숨을 내쉬었다.

'다행이다. 홈런 맞는 줄 알았네.'

랜달 그린척은 올 시즌 20개가 넘는 홈런포를 쏘아올린 강타자였다. 그런 타자에게 실투성 공을 던졌으니 가슴이 철렁한 것도 무리는 아니었다.

"후우……."

강동원은 다시 길게 숨을 골랐다. 비스트 포지도 강동원이 편하게 공을 던질 수 있도록 이번에는 몸 쪽이 아닌 바깥쪽을 요구했다. 그것도 강동원의 결정구인 커브를 말이다.

강동원은 단단히 고개를 끄덕였다. 그러고는 힘차게 공을 던졌다.

후앗!

강동원의 손끝을 빠져나간 공이 빠르게 날아가다가 타자 앞에서 뚝 하고 떨어졌다.

랜달 그린척은 포심 패스트볼이라 여기고 방망이를 크게 휘돌렸지만 결국 허무하게 허공을 가르고 말았다.

"제기랄!"

랜달 그린척은 무척이나 아쉬워하며 타석에서 물러났다.

강동원은 다시 한번 주먹을 움켜쥐며 포효했다.

"아자!"

강동원이 제 힘으로 랜달 그린척을 잡아내자 중계석에서도 아낌없는 찬사를 쏟아냈다.

—아, 역시나 강의 파워 커브는 감탄이 절로 납니다. 저것 보세요. 너무나도 아름다워요.

—거의 포심 패스트볼처럼 빠르게 날아들다가 마지막 순간에 뚝 하고 떨어집니다. 저 공은 노린다 해도 공략하기가 쉽지 않을 것 같습니다.

—저 어린 나이에 어떻게 저런 커브를 구사할 수 있는 걸까요? 한국의 선수는 모두 저런 커브가 가능한 걸까요?

—글쎄요, 저도 그것이 궁금합니다.

—어쨌든 강! 오늘도 멋진 피칭을 이어가길 기대해 보겠습니다.

반면 더그아웃에서 강동원의 투구를 지켜보던 알렉스 레이야스는 못마땅한 표정을 지었다.

"고작 저딴 커브에 당하다니. 그린척은 뭘 하고 있는 거야?"

강동원의 커브는 카디널스 전략 분석 팀에서도 인정할 정도로 수준급이었다.

하지만 강동원 못지않게 좋은 커브를 구사하는 알렉스 레이야스는 강동원을 인정하고 싶은 마음이 눈곱만큼도 없었다.

"흥! 그래 봤자 넌 날 이길 수 없어."

알렉스 레이야스가 모자와 글러브를 챙겨 들고 다시 마운드로 올라갔다.

3회 초 자이언츠의 공격은 9번 타자인 투수 강동원이었다.

─자이언츠의 슈퍼 루키, 강동원 선수가 메이저리그 첫 타석에 등장합니다!

─솔직히 마운드에 서 있을 때처럼 큰 기대를 갖긴 어려워 보입니다. 강이 한국에 있을 때에 타석에 선 경험이 많지 않았다고 하니까요.

─그런데 자료에 보니 한국의 전국 대회에서 극적인 역전타를 때린 적이 있다고 합니다. 그렇다면 타격에 분명 소질은 있어 보이는데요.

─그렇긴 하지만 마이너리그에서의 성적은 솔직히 형편없습니다. 12타수 1안타 삼진 8개, 사사구 1개를 기록하고 있으니까요.

─저런, 그야말로 타자로서는 끔찍한 성적이네요. 공만 잘

던지는 선수인 걸로 해야 할까요? 솔직히 투수들 중에 타격에 소질이 있는 선수는 손에 꼽힐 정도니까요.

─그래도 내셔널리그에 계속 머무를 생각이라면 지금보다는 타격에 신경을 써야겠죠.

중계진이 짓궂게 강동원을 놀려댔다. 그러나 타석에 들어선 강동원의 표정은 제법 날카로웠다.

'포심 패스트볼! 그것만 노리자!'

강동원은 여러 구종을 노리지 않았다. 아무래도 투수다 보니 적극적으로 타석에 임할 수는 없었다.

그렇다고 아무 생각 없이 방망이를 휘두르자니 그것도 웃긴 일이었다. 그래서 가장 자주 접한 포심 패스트볼을 노리기로 마음을 먹었다.

꿀꺽.

강동원이 마른침을 삼켰다. 그러고는 방망이를 들어 올리며 알렉스 레이야스를 노려보았다.

하지만 알렉스 레이야스는 신경도 쓰지 않는 듯했다. 거만한 자세로 서 있다가 사인을 확인한 뒤 곧바로 공을 던졌다.

후앗!

알렉스 레이야스의 손끝을 빠져나온 새하얀 공이 곧장 몸쪽을 파고들었다.

"이크!"

강동원이 움찔 놀라 엉덩이를 뺐다. 그사이 공은 그대로 야디에르 모리나의 미트에 파묻혔다.

퍼엉!

"스트라이크!"

묵직한 포구 소리와 스트라이크 콜이 동시에 울렸다.

"후우……."

강동원은 길게 숨을 골랐다. 그야말로 눈 깜짝할 새에 공이 지나갔다. 그렇다 보니 공을 제대로 확인 하지도 못했다.

더그아웃에서 볼 때와 실제로 타석에 서서 볼 때와는 천지 차이였다. 마운드에 서서 공을 던지기만 했던 강동원은 좀처럼 적응이 되질 않았다.

'타자들은 잘도 이런 공을 상대하고 있었구나!'

강동원이 살짝 기가 죽은 얼굴로 타석에 들어섰다. 그러자 곧바로 2구가 들어왔다.

똑같은 구종에 똑같은 코스였다. 하지만 강동원은 방망이를 내돌리지 못했다. 포심 패스트볼만 노리자는 마음가짐은 저 멀리 날아가고 없었다.

펑!

정신을 차렸을 때는 이미 공이 이미 포수 미트에 꽂혀 있었다.

"훗, 역시 애송이로군."

알렉스 레이야스는 강동원의 속내가 훤히 보였다. 자신도 초반에 타석에 들어설 때에 포심 패스트볼만 노렸다. 아니, 대다수 투수가 타석에 들어서면 내개 그런 생각을 할 수밖에 없었다.

하지만 투수가 던지는 빠른 포심 패스트볼을 투수가 친다는 건 말처럼 쉬운 일이 아니었다.

"그래, 동양인! 바로 그거야! 넌 절대 내 공을 받아칠 수 없을 걸? 크하하하!"

알렉스 레이야스가 보란 듯이 히죽거리며 포수에게서 공을 건네받았다.

"젠장!"

강동원은 질근 입술을 깨물었다. 그리고 흔들리는 마음을 다잡으려 노력했다.

'투 스트라이크로 몰렸어. 강동원! 집중하자!'

초구와 2구, 모두 포심 패스트볼이었다. 게다가 코스는 거의 한복판에 가까운 몸 쪽이었다.

만약 그 공이 다시 들어온다면 방망이를 휘두를 수 있을까?

아니, 과연 3구 연속 같은 포심 패스트볼로 승부를 걸어올까?

'아니야, 어쩌면 커브일 수도 있어. 느린 커브라면 내 스윙으로 충분히 칠 수 있을지도 몰라.'

강동원은 생각을 바꿨다. 알렉스 레이야스는 자신과 거의 비슷한 투구 패턴을 구사하는 투수였다. 게다가 좋은 커브를 가지고 있었다. 그렇다면 지금은 커브가 들어올 타이밍이었다.

만약 자신이 알렉스 레이야스라면 분명 그런 볼 배합으로 운영했을 것이다. 물론 백 퍼센트 확신은 할 수 없었다. 다만 느낌상 커브일 가능성이 높다고 여겼다.

'그래, 커브다. 다음은 분명 커브가 들어올 거야.'

강동원이 자세를 취했다. 만약 커브라면 자신의 느린 스윙으로도 건드리는 건 가능할 것 같았다.

그런 줄도 모르고 알렉스 레이야스가 크게 와인드업을 하며 공을 던졌다.

그런데.

후앗!

강동원의 예상대로 공이 큰 포물선을 그리며 날아들었다.

'커브다!'

강동원의 얼굴이 환해졌다.

그것도 거의 한복판으로 날아오는 커브였다.

'이거라면…… 칠 수 있다!'

강동원은 망설이지 않고 방망이를 내돌렸다.

따악!

강동원의 방망이 끝 부분에 공이 걸렸다. 순간 손바닥으로 묵직한 기운이 전해졌다. 찌릿하면서도 떨림의 통증도 함께 동반되었다.

'젠장!'

강동원은 재빨리 방망이를 놓고 1루를 향해 열심히 뛰어 갔다. 하지만 1루수 맷 카펜터스의 정면으로 굴러가 버렸다.

맷 카펜터스는 가볍게 공을 포구한 뒤 왼발을 뻗어 베이스 를 밟았다. 그러자 1루심이 가볍게 오른팔을 들어 올렸다.

'쳇!'

강동원은 아쉬움에 혀를 찬 후 몸을 돌려 더그아웃으로 향했다. 그 모습을 알렉스 레이야스가 벌게진 얼굴로 노려 보았다.

"감히 내 공을 때려! 네놈이 감히!"

아웃 카운트를 잡아냈지만 알렉스 레이야스는 조금도 즐 겁지가 않았다. 오히려 강동원이 자신의 공을 때렸다는 것에 화가 났다.

그런데 정작 강동원은 무척이나 아쉬운 표정을 짓고 있었 다. 마치 안타를 만들 수 있었는데 운이 나빴다고 생각하는 것 같았다.

'크으으으으......!'

알렉스 레이야스는 그 부분에서 화가 났다. 감히 자신의 공을 친 것으로도 모자라 안타까워하고 있다는 사실이 어이가 없었다.

'두고 보자. 다음에는 절대로 내 공을 건드리지 못하게 하겠다.'

알렉스 레이야스는 빠드득 이를 갈았다. 그런 줄도 모르고 강동원은 동료들의 환호를 받느라 정신이 없었다.

"헤이, 루키! 아까웠다."

"조금만 방망이 중심에 맞았더라도 안타였을 거야."

"잘했어. 다음에는 꼭 칠 수 있을 거야!"

"투수인 네가 안타 치면 우리 타자들은 뭐하란 거냐? 살살하라고. 안타는 내가 칠 테니까. 하하하!"

선수들의 독려를 받으며 강동원은 헬멧과 방망이를 제자리에 두고 몸을 돌렸다. 그때 비스트 포지와 눈이 마주쳤다. 그는 지나가는 강동원의 손을 툭 치며 말했다.

"투수에게 있어 타석은 보너스일 뿐이야. 그러니까 결과에 신경 쓰지 마. 점수는 우리가 낼 테니까. 넌 투수니까 공 던지는 것에 집중해."

"네, 포지."

강동원은 한결 홀가분해진 마음으로 자신의 자리로 왔다. 옆에 놓은 수건을 들어 얼굴을 훔쳤다. 그런데 그 모습을 지켜보던 에이스 메디슨 범가드너가 슬그머니 자리에서 일어나더니 강동원 곁에 와서 앉았다.

그리곤 가만히 어깨동무를 하고는 나직이 말했다.

"강, 고작 그렇게밖에 못 해?"

"네? 뭐, 뭐가요?"

"우린 투수지만 타석에 들어서면 타자란 말이야. 고작 저딴 녀석의 공에 쩔쩔매다니. 넌 자존심도 없어?"

"아, 아니…… 그건……."

"그리고 말이야. 너 저 녀석이 아까부터 널 무시하는 거 알고 있어?"

"그, 그랬나요?"

"이봐, 모르는 척하지 말고 당당히 보라고. 메이저리그는 전쟁터야. 기 싸움에서 밀리면 그대로 나가떨어질 수밖에 없어. 게다가 넌 오늘 경기의 선발이잖아! 안 그래?"

"그, 그렇죠."

"내가 보기에 넌 충분히 저 녀석을 뭉개 버릴 수 있어. 그러니까 다음번 타석 때 만나면 아주 묵사발을 만들라고. 알았지?"

텁수룩한 수염을 기른 메디슨 범가드너가 악당처럼 주절거렸다. 평소 강동원이 생각했던 자이언츠의 에이스 메디슨 범가드너의 모습과는 전혀 다른 모습이었다.

하지만 강동원은 거친 메디슨 범가드너도 싫지 않았다.

"네, 알겠습니다."

"그래! 그런 마음가짐이야. 녀석을 꼭 뭉개 버려! 피의 복수를 하란 말이야! 알았나?"

"무, 물론이죠."

"좋아! 크흐흐. 마음에 들었어, 루키!"

메디슨 범가드너는 히죽 웃으며 강동원의 등을 쳤다. 그때 지나가던 론 워스트 벤치 코치가 한숨을 내쉬었다.

"후우. 이봐, 범가드너. 악당 놀이 좀 그만할 수 없어? 왜 루키들만 보면 못 잡아먹어서 안달인 거야?"

"내가 뭘요? 난 아무 소리도 안 했는데요? 그렇지, 강?"

메디슨 범가드너가 능청스럽게 웃으며 강동원을 바라봤다. 하지만 론 워스트 코치도 바보는 아니었다.

"시끄러우니까 그만 장난 치고 저리 가! 강을 괴롭히지 말라고."

"쳇. 내가 뭘요! 어쨌든 루키, 명심해! 절대 밀려선 안 돼. 알았지?"

메디슨 범가드너는 자신의 자리로 돌아가면서까지 자기가 했던 말을 다시 한번 되새겨 주었다. 그러자 론 워스트 코치가 못 말린다며 고개를 흔들어 댔다.

"강, 범가드너가 뭐라고 말했든 그냥 무시해."

"네에?"

"저 녀석이 하는 말은 무시하라고. 그냥 루키들이 올라오면 통상적으로 내뱉는 말이야. 그리고 꼭 사고가 터지지."

"사고요?"

"아, 아니야. 어쨌든 범가드너가 한 말은 무시하고, 그냥 네가 생각하던 대로 공을 던져. 알았지! 복수하겠다, 뭐 그딴 거 생각하지 말고."

론 워스트 코치는 그렇게 당부의 말을 하고는 자신의 자리로 갔다.

강동원은 고개를 갸웃했다. 메디슨 범가드너의 말이 지나치긴 했지만 그렇다고 팀의 에이스인 그 말을 대놓고 무시하라니? 어느 장단에 춤을 춰야 할지 알 수 없었다.

"뭐, 어쨌든 저 녀석이 날 무시한다니까 나도 가만있을 수는 없겠지."

강동원이 고개를 끄덕이며 운동장으로 시선을 두었다.

타석에는 1번 다나드 스팬이 루킹 삼진을 당한 채 들어오고 있었다. 그것도 4구 만에 당한 삼진이었다.

"빌어먹을, 공에 아직도 힘이 붙어 있어."

다나드 스팬이 투덜거리며 방망이를 꽂자 넣었다. 강동원은 그 모습을 보며 쓴웃음을 지었다.

2번 타자 아르헨 파건도 4구 만에 3루 땅볼로 아웃이 되었다. 제법 끈질기게 알렉스 레이야스를 물고 늘어졌지만 빠른 공에 타이밍을 맞추지 못했다.

그렇게 자이언츠의 3회 초 공격도 삼자범퇴로 끝이 났다.

"자, 그럼 가 볼까!"

강동원이 모자와 글러브를 챙겨 다시 마운드로 향했다.

가볍게 연습 투구를 마친 강동원의 표정은 밝았다.

"좋아."

3회 말에 들어서야 컨디션이 최대로 올라온 것 같았다. 어깨도 제법 풀렸는지 공에 힘이 실리는 기분이었다.

강동원은 씩 웃으며 마운드를 내려와 로진백에 손을 털었다.

그사이 카디널스의 선두 타자 8번 콜든 윙이 타석에 들어섰다.

콜든 윙은 카디널스의 미래라고 불리는 사나이였다. 중국계 하와이 출신으로 좌투우타이며 본 포지션은 2루였다. 야무진 주루 플레이에 의외로 장타력을 겸비한 선수였다.

강동원은 콜든 윙에게 신중하게 공을 던졌다.

초구는 바깥쪽 포심 패스트볼이었다. 홈 플레이트에 살짝 걸치게 들어오는 공이었다.

따악!

노리는 공이 들어오자 콜든 윙이 망설이지 않고 방망이를 휘돌렸다. 하지만 방망이 끝 부분에 공이 맞으면서 타구는 파울이 되어버렸다.

'이걸 친단 말이지?'

잠시 고개를 끄덕이던 비스트 포지는 2구째 바깥쪽 슬라이더를 요구했다. 우타자인 콜든 윙이 보기에 백도어성으로 홈 플레이트를 파고드는 그런 공을 주문한 것이다.

하지만 슬라이더에 대한 자신감이 크지 않은 강동원은 스트라이크존을 벗어나는 볼을 던지고 말았다.

원 스트라이크 원 볼 상황에서 강동원은 침착하게 3구째 공을 던졌다.

바깥쪽 포심 패스트볼이었다.

초구에 콜든 윙이 반응했던 공이었다.

이번에도 콜든 윙은 방망이를 내돌렸다. 하지만 타이밍을 맞추지 못하고 헛스윙을 하고 말았다.

'이 자식, 포심 패스트볼을 노린다 이거지?'

콜든 윙의 노림수를 알아챈 비스트 포지가 씩 웃었다. 변화구에는 전혀 반응을 보이지 않다가 패스트볼만 들어오면 방망이를 돌리고 있으니 모르려 해도 모를 리 없었다.

'좋아. 그렇다면 변화구로 가야겠지?'

생각을 정리한 비스트 포지가 몸 쪽 높은 커브를 요구했다. 강동원도 어느 정도 예상했던 볼 배합이었다.

단단히 고개를 끄덕인 뒤 강동원은 글러브 안에서 커브 그립을 말아 쥐었다. 그리고 왼발을 차올리며 힘차게 공을 던졌다.

후앗!

공은 크게 포물선을 그리며 콜든 윙의 몸 쪽으로 날아갔다. 그러나 콜든 윙은 몸 쪽 가까이 공이 날아오자 움찔하며 몸을 뒤로 젖혀 버렸다.

그사이 공이 뚝 떨어지며 포수 미트 사이로 들어갔다.

정확하게 스트라이크존에 걸치는 공이었다. 그런데 구심의 손이 올라가지 않았다. 비스트 포지가 일어나서 구심을 바라봤지만 소용이 없었다.

"걸친 것 같았는데……."

그가 혼잣말을 하였다. 그러자 콜든 윙이 바로 받았다.

"높았던 거 아니야?"

"네 눈에야 높아 보였겠지."

비스트 포지는 쓴웃음을 짓고는 자리에 앉았다. 그러고는 곧바로 사인을 보냈다.

5구도 커브였다.

그것도 4구와 똑같은 코스의 공이었다.

'포지도 한 고집 한다니까.'

비스트 포지의 속내를 읽은 강동원이 피식 웃었다. 그러고는 힘껏 공을 던졌다.

후앗!

강동원의 손끝을 빠져나간 공이 4구째와 똑같은 코스로 날아가다가 콜든 윙의 눈앞에서 크게 떨어졌다. 다른 게 있다면 포구의 위치. 4구째보다 공 반 개 정도 낮아졌다.

이번에도 콜든 윙은 전혀 반응하지 못했다. 아니, 4구째가 볼이었으니 내심 볼일 거라 여기는 것 같았다.

하지만 구심은 망설이지 않고 오른팔을 들어 올렸다.

"스트라이크!"

"뭐라고요?"

콜든 윙이 깜짝 놀라며 고개를 돌렸다. 그러자 구심의 눈빛이 날카롭게 변했다.

"뭔가? 지금 내 판단에 토라도 달겠단 건가? 믿지 못하겠단 표정인데?"

"아니, 그게 아니라…… 좀 높지 않았어요?"

"전혀!"

"거봐, 네 눈에만 높게 보인다고 했잖아."

비스트 포지가 공을 던져 주며 말했다. 그러자 콜든 윙이 그를 째려보고는 몸을 돌려 더그아웃으로 걸어갔다.

그렇게 첫 번째 아웃 카운트가 올라갔다. 그리고 대기 타석에 있던 투수 알렉스 레이야스가 타석에 들어섰다.

타석에 들어선 알렉스 레이야스는 제법 그럴듯한 타격 자세를 선보였다. 강동원보다 타석에 들어 선 경험이 많다 보니 타석이 낯설지 않은 모양이었다.

하지만 정작 비스트 포지는 코웃음을 쳤다. 그러고는 미트를 가운데 고정시킨 채 검지를 폈다.

'에? 한가운데라고요?'

사인을 확인한 강동원의 눈이 커졌다. 아무리 투수 타석이라지만 한복판에 포심 패스트볼을 던지는 건 너무 노골적이었다.

그러나 비스트 포지는 앞선 강동원 타석 때 알렉스 레이야스-야디에르 모리나 배터리의 볼 배합을 잊지 않고 있었다.

'괜찮아, 강. 이 녀석도 타격은 형편없다고.'

비스트 포지가 미트를 두드리며 독려하자 강동원도 어쩔 수 없다며 자세를 잡았다.

'좋아, 비스트 포지를 믿고 던지자……'

강동원은 글러브 속에서 포심 패스트볼 그립을 움켜잡았다. 그리고 포수 미트를 향해 힘껏 던졌다.

후앗!

바람 소리와 함께 날아든 공이 곧장 홈 플레이트를 갈랐다.

퍼엉!

뒤이어 묵직한 포구 소리가 경기장에 울려 퍼졌다.

"스트라이크!"

구심이 더 볼 것도 없다며 오른팔을 들어 올렸다.

"크윽!"

알렉스 레이야스가 눈매를 일그러뜨렸다. 바로 그때 전광판 구석에 97mile/h(≒156.1㎞/h)이라는 구속이 찍혔다.

'저, 새끼가······.'

알렉스 레이야스의 시선이 강동원에게 향했다. 투수를 상대로 한복판에 전력을 다해 공을 던지다니. 이것은 자신을 향한 도발이나 다름이 없었다.

'그래, 덤벼봐. 내가 너와 다르다는 걸 똑똑히 보여줄 테니까.'

알렉스 레이야스가 다시 타격 자세를 취했다. 그사이 사인을 주고받은 강동원이 곧장 2구를 내던졌다.

후앗!

바깥쪽으로 날아들던 공이 마지막 순간에 도망치듯 휘어져 나갔다.

슬라이더.

타격 센스가 좋은 타자들에게는 잘 먹히지 않는 코스였지만 투수라면 이야기는 달랐다.

"왔다!"

알렉스 레이야스는 포심 패스트볼이라 여기고 방망이를 힘껏 내돌렸다. 하지만 정작 그의 방망이는 시원하게 허공을 가르고 말았다.

"제기랄!"

알렉스 레이야스가 크게 소리를 지르며 타석을 벗어났다. 그러자 비스트 포지가 히죽 웃었다.

"보기보다 다혈질이군."

"뭐야?"

"투수가 그렇게 다혈질이면 안 되지. 멘탈에 문제가 있다는 건데, 공은 어떻게 던지려고……."

"닥쳐! 겁쟁이처럼 포수석에서 좋알거리지 말라고!"

"닥치라니? 입 한번 거친데? 그런데 너도 루키 아냐? 너희 팀에서는 베테랑을 이렇게 대하나 보지?"

"크으으!"

비스트 포지가 능글능글하게 말을 이었다. 그러자 알렉스 레이야스가 아예 입을 다물어버렸다. 비스트 포지와 입씨름을 해봐야 자신에게 도움이 되지 않는다는 걸 깨달은 것이다.

하지만 비스트 포지는 모처럼만의 트래시 토크를 이대로 끝내고 싶지 않았다.

"자, 얼간이. 잘 보라고. 현재 투 스트라이크야. 그리고 아마 넌 다음 공도 맞히지 못할 거야. 그렇게 되면 넌 삼구삼진이 되겠지."

비스트 포지가 히죽 웃더니 보란 듯이 사인을 보냈다. 지금 상태에서는 당연히 커브가 나오는 것이 맞았다.

이 상황을 중계하는 해설진의 예상도 마찬가지였다.

—자! 지난 이닝에서는 알렉스 레이야스가 강동원을 상대로 커브를 던졌는데요. 하지만 이번엔 상대가 뒤바뀌었습니다.

—그럼 당연히 강동원 선수도 커브로 보답해야겠죠? 수모를 갚아주기 위해서는 말입니다.

—물론입니다. 당연히 강동원 선수하면 커브죠. 알렉스 레이야스 선수의 커브도 수준급이지만 개인적으로 강동원 선수의 커브를 조금 더 높이 평가하고 싶습니다.

—아마 알렉스 레이야스도 커브를 던질 거라 예상하고 있을 것 같은데요.

—이거, 두 사람의 맞대결이 점점 흥미진진해지고 있습니다. 앞선 타석에서 강동원 선수는 알렉스 레이야스의 커브를 때려냈거든요.

—비록 1루수 땅볼로 아웃된 게 살짝 아쉬웠지만 말입니다.

—그래도 강동원 선수가 메이저리그 첫 번째 타석이었던 걸 감안하면 꽤나 좋은 결과였다고 생각합니다.

—그렇다면 알렉스 레이야스도 강동원의 커브를 때려야 맞는 거겠죠.

—과연 어떤 결과가 나올까요. 한번 지켜보겠습니다.

중계진의 예상처럼 강동원도 비스트 포지가 커브를 요구할 것이라 생각했다. 그런데 비스트 포지는 오히려 빠른 공을 요구했다.

'응? 빠른 공?'

잠시 고심하던 강동원은 약간 미안한 얼굴로 조심스럽게 고개를 가로저었다.

'미안하지만 포지, 나 커브 던질래요.'

그러자 비스트 포지가 피식 웃었다.

'커브? 저 녀석도 예상하고 있을 텐데?'

'네, 알아요. 하지만 이 녀석 만큼은 커브로 상대하고 싶어요.'

'좋아, 네 의지가 그렇다면.'

비스트 포지는 강동원의 의지를 반영해 곧바로 커브 사인을 내주었다.

'고마워요, 포지!'

강동원은 자세를 취한 후 힘껏 던졌다.

코스는 바깥쪽.

후앗!

강동원의 손끝을 빠져나간 공이 바깥쪽으로 느리게 포물선을 그리며 날아갔다.

그것을 본 알렉스 레이야스가 눈을 번쩍였다.

'왔다!'

알렉스 레이야스는 망설이지 않고 방망이를 내돌렸다. 가뜩이나 퍼져 나오는 스윙 스타일상 바깥쪽으로 떨어지는 커브는 때리라고 던져 준 공이나 다름없었다.

그런데.

"……!"

생각했던 것보다 떨어지는 각이 훨씬 컸다.

'어? 이, 이게 아닌데.'

알렉스 레이야스는 순간 당황했다. 하지만 돌아 나가는 방망이를 멈출 수는 없었다.

'제, 제기랄!'

알렉스 레이야스는 끝내 중심을 잡지 못하고 그대로 바닥에 엉덩방아를 찧었다. 어찌나 이를 악물고 방망이를 휘둘렀던지 머리에 쓰고 있던 헬멧은 이미 바닥에 떨어져 뒹굴고 있었다.

그 모습을 지켜보던 비스트 포지가 피식 웃으며 말했다.

"쯧쯧쯧. 것 보라구. 내가 말했지? 넌 삼구삼진이라고. 자, 그만 들어가 봐."

비스트 포지의 비꼬는 말을 들으며 알렉스 레이야스는 헬멧을 주워 머리에 썼다. 그리고 몸을 돌려 더그아웃으로 향했다.

"후우……."

알렉스 레이야스를 삼구삼진으로 돌려세우며 강동원의 마음도 한결 편해졌다. 어쨌거나 3회 말도 투 아웃까지 잡은 상황이었다.

'이제 아웃 카운트 하나만 더 잡으면 이번 회는 삼자범퇴로 막는구나.'

강동원은 그렇게 생각하며 다시 숨을 골랐다.

카디널스는 다시 타순이 돌아 1번 타자 맷 카펜터스가 타자로 나왔다. 좌타석에 등장한 그는 방망이를 빙글빙글 돌린 후 타격 자세를 취했다.

'다시 보니 별로 안 무서운걸.'

강동원이 태연하게 맷 카펜터스를 바라봤다. 처음 만났을 때는 내셔널리그 최고의 1번 타자라는 중압감에 마음이 흔들렸는데 한 번 상대하고 보니 이제는 어떤 식으로 상대해야 할지 조금씩 감이 잡히는 느낌이었다.

"후우……."

손에 붙은 로진 가루를 불어내며 강동원은 비스트 포지의 사인을 기다렸다.

초구는 몸 쪽 무릎 쪽을 파고드는 포심 패스트볼이었다.

맷 카펜터스의 타격감이 워낙 좋다 보니 초구부터 까다로운 주문이 들어왔다.

강동원은 단단히 고개를 끄덕였다. 그리고 왼발을 크게 들어 올리며 힘차게 공을 던졌다.

후앗!

강동원의 손끝을 빠져나간 공은 낮게 깔리며 비스트 포지가 원하는 곳으로 정확하게 들어갔다.

펑!

"스트라이크!"

묵직한 포구 소리와 구심의 콜이 동시에 울렸다. 하지만 맷 카펜터스는 꿈쩍도 하지 않았다. 그저 스트라이크인 걸 확인하고는 잠시 타석을 벗어난 뒤 아무렇지도 않은 얼굴로 방망이를 들고 나타났다.

그사이 비스트 포지가 냉큼 2구째 사인을 보냈다.

2구는 바깥쪽으로 빠지는 체인지업이었다. 맷 카펜터스가 때려 주면 좋고 내버려 두더라도 상관없는 공이었다.

"후우……."

강동원은 길게 숨을 골랐다. 그리고 맷 카펜터스의 방망이가 끌려 나오길 빌며 힘껏 공을 내던졌다.

후앗!

강동원의 손끝을 빠져나간 공이 한복판에서 바깥쪽으로 흘러 나갔다. 그러자 맷 카펜터스가 반사적으로 방망이를 움직였다.

하지만 거기까지였다. 타격 직전, 맷 카펜터스는 정확하게 방망이를 멈춰 세웠다.

그렇게 볼카운트는 원 스트라이크 원 볼로 바뀌었다.

비스트 포지와 사인을 주고받은 뒤 강동원은 3구를 몸 쪽으로 붙여 넣었다.

구종은 포심 패스트볼.

살짝 깊긴 했지만 맷 카펜터스를 꼼짝 못 하게 만드는 좋은 공이었다.

한국의 프로야구였다면 군말 없이 스트라이크를 잡아줬을 공이었다. 하지만 구심은 가볍게 고개를 저었다. 공이 반 개정도도 더 깊었다고 판단한 것이다.

'짜다, 짜.'

강동원은 볼을 건네받으며 아쉬운 표정을 지었다. 그러다 비스트 포지가 집중하라며 미트를 두드리자 냉큼 고개를 흔들고 아쉬움을 털어냈다.

비스트 포지의 4구째 사인은 커브.

맷 카펜터스가 건드릴 만한 높이의 바깥쪽 코스를 요구했다.

강동원은 비스트 포지가 원하는 대로 정확하게 커브를 내던졌다. 그리고 맷 카펜터스는 기다렸다는 듯이 방망이를 휘둘렀다.

후앗!

후웅!

공과 방망이가 한 점에서 만났다. 아니, 만날 것처럼 보였다.

하지만 맷 카펜터스가 낙폭을 제대로 맞추지 못하며 그대로 헛스윙을 하고 말았다.

투 스트라이크 투 볼.

승부를 봐야 할 볼 카운트 앞에서 강동원은 또다시 몸 쪽 포심 패스트볼을 붙여 넣었다.

그러나 이번에도 구심은 스트라이크를 잡아주지 않았다. 맷 카펜터스가 안도의 한숨을 내쉴 만큼 좋은 공이었지만 볼 카운트는 투 스트라이크 쓰리 볼이 되어버렸다.

'역시 맷 카펜터스. 쉽지가 않아.'

강동원은 마운드를 내려가 로진백에 손을 툭툭 건드렸다. 2사 이후이긴 하지만 까다로운 1번 타자에게 풀 카운트 승부를 펼치고 있다는 게 썩 달갑진 않았다.

'침착하자.'

애써 마음을 다잡은 뒤 강동원은 다시 마운드 위에 올라섰다.

비스트 포지의 사인은 커브.

그것도 바깥쪽 꽉 차게 스트라이크존으로 들어오는 백도어성 커브였다.

강동원은 고개를 끄덕였다. 이 상황에서 가장 자신 있게 던질 수 있는 공은 역시나 커브였다.

그런데 맷 카펜터스도 커브를 기다렸는지 강동원이 커브를 던지기가 무섭게 방망이를 내돌렸다.

따악!

제법 둔탁한 타격음이 터져 나왔다. 뒤이어 강동원의 고개가 홱 하고 돌아갔다.

타구는 높게 치솟지 않았다. 하지만 빠르고 멀리 날아갔다.

'젠장할!'

타구의 위치를 확인한 강동원이 이를 악물며 3루 베이스 뒤 쪽으로 움직였다. 그사이 맷 카펜터스는 1루를 돌아 2루까지 안착했다.

잠시 후, 소란스러웠던 상황이 정리됐다.

2사 2루.

눈 깜짝할 사이에 스코어링 포지션에 주자가 나가 버렸다.

"하아……."

강동원은 인상을 찡그리며 아쉬워했다. 비스트 포지도 바운드 되는 볼을 요구를 하지 못했다는 사실을 자책했다.

"강! 잘했어. 신경 쓰지 마!"

비스트 포지가 자신의 가슴을 두드리며 강동원을 독려했다. 솔직히 말해 강동원은 잘못한 게 없었다. 던져 달라는 공을 제대로 던져 준 게 전부였다.

하지만 강동원도 쉽게 마음을 다잡지 못했다. 가장 자신 있는 커브를 맞았기에 충격 또한 컸다.

"평생 얻어맞지 않을 거라 생각하지는 않았지만……. 그래도 너무 멍청하게 얻어맞았어."

솔직히 메이저리그에서 커브로 모든 타자를 잡아낼 수 있을 거라는 생각은 하지 않았다.

메이저리그에서도 충분히 통하는 커브를 던진다는 자신감은 있지만 상황에 따라 언젠가는 맞게 될 것이라고 인식하고 있었다.

그러나 이렇게 일찍 안타를 허용할 것이라고는 생각지 못했다. 자신이 타자들에 익숙해지는 만큼, 타자들도 자신의 공에 익숙해진단 사실을 미처 인지하지 못하고 있었다.

"후우……. 바로 두 번째 타석 만에 안타라니. 이것이 바로 진짜 메이저리그로구나."

그렇게 생각하니 한편으로는 마음이 편안했다.

"그래, 차라리 잘됐어. 하나 얻어맞았으니 이제 겁먹지 말고 맘껏 던져 보자."

강동원이 애써 마음을 다잡았다. 그러고는 커브 그립을 더욱 단단히 움켜쥐었다.

23장
선발의 자격

1

등 뒤에 1번 타자 맷 카펜터스를 남겨둔 채 강동원은 2번 타자 알레디미스 디아르를 상대했다.

2사 이후이긴 했지만 안타 하나면 한 점을 주는 상황이었다.

'틀어막자!'

강동원은 질근 입술을 깨물었다. 그리고 비스트 포지의 미트를 향해 힘껏 공을 던졌다. 그런데 초구를 몸 쪽으로 바짝 붙인다는 게 어깨에 힘이 들어가고 말았다.

"윽!"

강동원의 손끝을 빠져나간 공이 그대로 알레디미스 디아르의 허벅지를 때려 버렸다.

"젠장, 살살하라고."

알레디미스 디아르가 투덜거리며 1루로 걸어 나갔다. 그렇게 2사 주자 1, 2루가 되었다.

"괜찮아. 달라진 건 없어."

강동원은 크게 심호흡을 한 후 투구판을 밟았다.

그사이 타석에 3번 타자 브레이드 모스가 들어왔다.

1번 타자 맷 카펜터스를 잡아냈다면 만나지 않았을 타자였다. 아니, 2번 타자 알레디미스 디아르에게 집중했더라도 중심 타선까지 연결될 일은 없었을 터였다.

강동원의 얼굴에 절로 긴장감이 번졌다.

그러자 비스트 포지가 걱정할 거 없다며 미트를 두드렸다.

'강, 너는 내 사인만 보고 던지면 돼!'

비스트 포지의 리드대로 강동원은 초구에 바깥쪽 꽉 찬 포심 패스트볼을 던졌다.

따악!

노리고 있던 공이 들어오자 브레이드 모스는 곧바로 방망이를 돌렸다. 그러나 방망이 끝 부분에 걸린 타구는 그대로 3루 측 관중석으로 넘어가 버렸다.

'좋았어.'

스트라이크를 잡은 강동원이 2구째 몸 쪽으로 포심 패스트볼을 붙여 넣었다.

브레이드 모스도 예상하지 못했던지 공을 지켜보기만 했다. 하지만 구심은 공이 살짝 빠졌다며 볼을 선언했다.

원 스트라이크 원 볼 상황에서 비스트 포지는 3구째 바깥쪽 체인지업을 요구했다.

강동원은 고개를 끄덕인 후 세트 포지션에 들어갔다. 눈으로 2루 주자와 1루 주자를 견제한 후 곧바로 공을 던졌다.

후앗!

강동원의 손끝을 빠져나간 공이 바람 소리를 내며 날아갔다.

그런데…….

'젠장!'

생각보다 공이 살짝 안쪽으로 몰렸다.

실투를 인지한 강동원의 얼굴이 와락 일그러졌다.

아니나 다를까.

따악!

브레이브 모스는 그 실투를 놓치지 않았다.

강동원이 타구를 좇아 고개를 홱 하고 돌렸다. 그러다 넘어져 있는 3루수 에두아르 누네스를 발견하고는 한숨을 내쉬었다.

에두아르 누네스가 잡지 못했다면 영락없는 장타 코스였다. 2루 주자는 물론이고 경우에 따라서 1루 주자까지 홈을 넘보게 될지도 몰랐다.

그런데 정작 관중석에서는 함성이 아니라 안타까운 탄식이 흘러나왔다.

"오! 마이 갓!"

"안 돼! 이럴 수가!"

"너무 하잖아! 아깝네!"

강동원이 영문을 몰라 비스트 포지를 바라봤다. 그러자 비스트 포지가 씩 웃더니 3루 쪽을 가리켰다.

"저길 봐."

강동원은 비스트 포지를 따라 3루 쪽으로 고개를 돌렸다. 놀랍게도 3루수 에두아르 누네스가 흙을 툭툭 털고 일어나더니 글러브 안에서 새하얀 공을 빼 들었다.

"저, 저걸 잡은 거예요?"

강동원의 시선이 자연스럽게 전광판으로 향했다. 그곳에서 조금 전 상황이 리플레이 되고 있었다.

브레이드 모스가 힘껏 밀어친 타구가 3루 쪽으로 날아갔다. 그 타구를 3루수 에두아르 누네스가 쭉 하고 팔을 뻗어 잡아냈다.

"와우!"

그 장면을 본 강동원도 글러브로 박수를 쳤다. 그리고 에두아르 누네스에게 뛰어가 고마움을 표시했다.

그러자 에두아르 누네스가 피식 웃으며 말했다.

"강, 이런 공도 못 잡으면서 3루수에 있으면 안 돼. 그러니까 앞으로도 걱정 말고 던지라고. 3루는 내가 책임질 테니까."

에두아르 누네스가 자신만만하게 말을 하고는 더그아웃으로 먼저 들어갔다.

'수비도 메이저리거라 이거지?'

강동원은 씩 웃었다. 에두아르 누네스가 코너 수비수치고는 공격력이 부족하다는 평가가 많았는데 이런 호수비를 계속 선보인다면 3루를 맡기기에 충분할 것 같았다.

중계진도 에두아르 누네스의 호수비에 극찬을 쏟아냈다.

―와우! 하하하! 이거 믿어집니까? 저기 보십시오.

―정말 완벽한 수비입니다. 저 수비를 보기 위해 브루스 보체 감독이 에두아르 누네스에게 3루를 맡긴 것 같습니다.

―강동원 선수도 깜짝 놀란 얼굴인데요.

―확실히 놀랄 만하죠. 아마도 이번 시즌 최고의 호수비 TOP 10 안에 드는 영상으로 남지 않을까 싶습니다.

반면 알렉스 레이야스는 살짝 눈살을 찡그렸다.

"쳇! 운도 좋은 놈!"

만약 그 타구가 빠졌다면 지금쯤 최소 1 대 0은 되었을 텐데.

아쉬움을 곱씹으며 알렉스 레이야스는 글러브를 집어 들고 자리에서 일어났다.

⚾

자이언츠의 4회 초 공격은 3번 타자 비스트 포지부터 시작됐다.

비스트 포지는 초구에 낮게 들어오는 포심 패스트볼을 참아 볼을 걸러냈다. 하지만 2구째 몸 쪽으로 파고드는 포심 패스트볼에 방망이를 내밀었다가 유격수 플라이 아웃으로 물러나고 말았다.

4번 타자 헌터 페이스는 초구 한복판으로 들어오는 포심 패스트볼을 지켜 본 뒤 2구째 바깥쪽으로 흘러나가는 커브에 시원하게 헛스윙을 했다.

투 스트라이크 노 볼 상황에서 3구째 떨어지는 체인지업을 가까스로 걸러냈지만 4구째 몸 쪽을 파고든 포심 패스트볼에 방망이를 내돌리고 말았다.

따악!

먹힌 타구가 높이 떠올라 우익수 방면으로 날아갔다. 우익수 스티브 피스코티가 잠시 타구를 응시한 뒤 앞쪽으로 슬금슬금 걸어 내려 와 공을 잡아냈다.

두 아웃.

주자 없는 가운데 타석에 5번 타자 브래드 벨트가 들어섰다.

순식간에 두 개의 아웃 카운트를 잡아낸 알렉스 레이야스는 자신감이 가득 차올랐다. 그래서 중심 타자인 브래드 벨트를 상대로 오직 포심 패스트볼만 던졌다.

초구는 97mile/h(≒156.1㎞/h)짜리 바깥쪽 포심 패스트볼을 던져 헛스윙.

2구는 96mile/h(≒154.5㎞/h)짜리 몸 쪽 포심 패스트볼을 붙여 넣어 파울.

3구 역시 96mile/h짜리 몸 쪽 포심 패스트볼을 찔러 넣어 파울.

투 스트라이크 노 볼 상황에서 알렉스 레이야스는 잠시 호흡을 골랐다. 그러고는 야디에르 모리나의 미트가 고정된 브래드 벨트의 몸 쪽으로 있는 힘껏 공을 내던졌다.

후앗!

알렉스 레이야스의 손끝을 빠져나온 공이 곧장 홈 플레이트를 가로질러 야디에르 모리나의 미트에 파묻혔다.

퍼엉!

묵직한 포구 소리가 경기장에 울렸다. 그 순간 주심의 손이 힘차게 올라갔다.

"스트라이크 아웃!"

브래드 벨트는 힘 한 번 써보지 못하고 루킹 삼진을 당하고 물러났다.

알렉스 레이야스는 4회 마저 삼자범퇴로 막아내며 여유롭게 마운드를 내려갔다.

-알렉스 레이야스, 오직 포심 패스트볼 하나만으로 브래드 벨트를 잡아냅니다.

-알렉스 레이야스가 오늘 펄펄 날아다니는데요. 저 정도면 도핑 테스트 다시 해봐야 되는 거 아닙니까? 정말 대단합니다.

-그렇습니다. 벌써 경기 중반에 접어들었는데도 공의 위력이 전혀 줄어들지 않고 있습니다요. 오히려 이닝이 거듭될수록 공이 좋아지고 있는 느낌입니다.

-제구도 좋지만 오늘 포심 패스트볼의 무브먼트가 상당히 좋습니다. 커브야 원래 잘 던지던 선수였고요. 이대로 경기가 끝난다면 이 경기가 올 시즌 알렉스 레이야스의 최고의 경기가 되지 않을까 싶습니다.

-그런데 카디널스 타자들이 알렉스 레이야스의 호투를 뒷받침해 주지 못하고 있습니다. 선발 투수가 이렇게까지 공을 잘 던져 주는데 말이죠.

-그만큼 자이언츠의 강동원도 좋은 공을 던져 주고 있으니까요. 바로 앞선 이닝 때 고비가 찾아 왔었지만 차분하게 위기를 넘기는 모습이 인상적이었습니다.

-저도 그 점이 참 신기할 따름입니다. 어떻게 메이저리그에 올라온 지 한 달도 안 된 루키가 저렇게 침착할 수 있을까요?

-결과적으로 강동원과 알렉스 레이야스, 두 선발 투수의 호투 속에 경기가 투수전 양상을 띠고 있는 것만은 분명한 사실인데요. 과연 이 분위기가 언제까지 이어질지가 관건입니다.

-현재 알렉스 레이야스 투구 수는 4회까지 42구밖에 되지 않습니다. 반면 강동원 선수는 3회까지 40구를 던졌고요.

-투구 수만 놓고 보자면 알렉스 레이야스가 조금 더 오래 마운드에서 버텨줄 것 같은데요.

-하지만 속단하긴 이릅니다. 야구공은 둥그니까요.

중계진이 한참 떠들어 대는 사이 4회 말 카디널스의 공격이 시작됐다.

강동원은 4회 말에도 어김없이 마운드에 올라왔다. 브루스 보체 감독의 주문대로 5회까지는 어떻게든 버틸 생각이었다.

"강이 의외로 잘 버티는구먼. 역시 선발로 보낸 보람이 있어."

벤치에서 강동원의 투구를 지켜보던 브루스 보체 감독이 흐뭇하게 웃으며 말했다. 그러자 옆에 있던 론 워스트 벤치 코치도 고개를 주억거렸다.

"잠시 위기가 있었지만 잘 막아줬습니다. 그러고 보면 위기 관리 능력도 제법 괜찮은 것 같습니다."

"그래, 아무래도 그런 것 같군. 아무튼 내가 예상했던 것보다 훨씬 잘 던지고 있어. 이 정도면 5회가 아니라 6회까지 맡겨도 문제없겠는걸?"

"네, 제 생각도 같습니다. 이제 한 경기니 속단하긴 어렵지만 강은 아무래도 선발 체질인 것 같습니다."

"선발 체질이라. 듣던 중 반가운 소리구만 그래."

론 워스트 코치의 말에 브루스 보체 감독이 씩 웃었다. 내년 시즌 자이언츠의 선발진에 포함시키고 싶을 만큼 강동원의 투구는 흠잡을 데가 없었다.

물론 그렇다고 해서 완벽하다는 건 아니었다.

"다만 투구 수 관리는 조금 생각해 봐야 할 듯합니다."

"그건 나도 공감하네."

"탈삼진 욕심이 좀 과한 것도 문제입니다. 승부를 조금 더 쉽게 끌고 가는 법을 배워야 할 것 같습니다."

"그거야 시간이 지나면 해결되겠지. 어쨌거나 귀중한 선발자원이 생겨서 천만 다행이야."

브루스 보체 감독과 론 워스트 코치가 기대 어린 눈으로 강동원을 바라봤다.

하지만 강동원은 첫 타자인 4번 타자 스티브 피스코티를 상대로 초구부터 볼을 던지고 말았다. 바깥쪽에 아슬아슬한 코스를 공략해 스트라이크를 잡으려 했지만 생각했던 것보다 공이 더 벗어나 버린 것이다.

비스트 포지가 재빨리 프레이밍을 해보았지만 심판은 눈 하나 까딱하지 않았다.

'그렇다면.'

비스트 포지는 2구째도 같은 코스로 사인을 냈다. 그리고 강동원의 공이 날아들자 조금 더 빨리 미트를 움직여 스트라이크존 안으로 끌어들였다.

퍼억!

포구를 마친 비스트 포지가 조용히 구심의 판정을 기다렸다. 그러자 잠시 고심하던 구심이 오른손을 올리며 스트라이크를 외쳤다.

"좋았어!"

비스트 포지가 만족스러운 얼굴로 고개를 끄덕였다. 초구 스트라이크를 놓친 게 아쉽긴 했지만 어쨌든 스티브 피스코티를 상대로 원 스트라이크 원 볼을 만들어냈다.

잠시 뜸을 들이던 비스트 포지는 3구째 바깥쪽으로 빠지는 슬라이더를 요구했다. 그것도 아슬아슬하게, 타자가 스트라이크라고 속을 정도로 까다로운 공을 주문했다.

'후……. 한번 해볼게요, 포지.'

강동원은 단단히 고개를 끄덕였다. 그리고 비스트 포지의 미트가 있는 방향으로 있는 힘껏 공을 내던졌다.

후앗!

강동원의 손끝을 빠져나간 공이 홈 플레이트를 향해 날아갔다. 그러자 스티브 피스코티가 반사적으로 어깨를 움찔거렸다.

'걸렸어!'

비스트 포지의 입가로 한가득 웃음이 번졌다. 하지만 그것도 잠시. 반쯤 허리를 빠져나왔던 스티브 피스코티의 방망이가 홈 플레이트 코앞에서 멈추더니 슬그머니 뒤로 빠져 버렸다.

"돌았죠? 그렇죠?"

비스트 포지가 앉은 채로 구심에게 물었다. 하지만 구심은 묵묵부답. 아무런 답이 없었다.

"돌았다니까요. 그렇죠?"

비스트 포지가 재빨리 1루심의 의견을 구했다. 그러나 1루심도 양손을 가로로 펼칠 뿐이었다. 돌아가지 않았다는 것이었다.

"젠장, 분명 돌았는데……."

비스트 포지는 아쉬운 얼굴로 강동원에게 공을 돌려주었다. 분명 스티브 피스코티의 방망이를 끌어냈다고 여겼는데 심판들이 전혀 도움을 주지 않고 있었다.

그 과정에서 볼카운트가 원 스트라이크 투 볼로 몰렸다.

'강, 이번에는 스트라이크를 잡아야 해.'

비스트 포지의 사인을 받은 강동원이 단단히 고개를 끄덕였다. 그리고 비스트 포지의 미트를 향해 힘껏 공을 내던졌다.

후앗!

강동원의 손끝을 빠져나간 공이 스티브 피스코티의 몸 쪽을 파고들었다. 거의 얼굴 높이로 날아드는 빠른 공에 스티브 피스코티는 반사적으로 방망이를 내돌렸다.

하지만 방망이보다 공이 먼저 홈 플레이트를 스쳐 지나가 버렸다.

"크으!"

스티브 피스코티의 입에서 아쉬움이 터져 나왔다.

그렇게 볼카운트가 투 스트라이크 투 볼로 바뀌었다.

"자, 이제 끝내요. 포지."

다시 여유를 되찾은 강동원은 결정구로 역시 커브를 선택했다.

비스트 포지도 마찬가지였다. 강동원의 커브라면 4번 타자인 스티브 피스코티를 충분히 삼진으로 잡아낼 수 있을 거라 여겼다.

빠르게 사인을 주고받은 뒤 강동원이 자신감에 가득 찬 얼굴로 5구를 힘껏 내던졌다.

후앗!

강동원의 손끝을 빠져나간 공이 비스트 포지가 요구한 곳으로 정확하게 날아갔다.

그 순간 스티브 피스코티도 망설이지 않고 방망이를 내돌렸다.

따악!

방망이 끝부분에 걸린 타구가 곧장 3루 측 더그아웃으로 날아들었다.

"조심해!"

난간에 서 있던 자이언츠 선수들이 화들짝 놀라며 공을 피했다.

"이봐! 피스코티! 잘 좀 치라고!"

비스트 포지가 자이언츠 선수들을 대표해 스티브 피스코티에게 핀잔을 주었다.

스티브 피스코티는 피식 웃으며 3루 측 더그아웃을 향해 미안하다는 사인을 보냈다. 그러는 동안 강동원은 구심으로부터 새 공을 건네받았다.

'커브가 조금 밋밋했나?'

강동원은 자신이 제대로 낚아채지 못해서 커브를 얻어맞은 것이라고 여겼다. 그래서 6구째도 먼저 비스트 포지에게 커브를 요구했다.

'좋아, 강. 이번에는 확실히 잡아보자.'

비스트 포지도 고개를 끄덕이며 커브 사인을 냈다.

코스는 바깥쪽. 스트라이크존을 파고드는 공이 아니라 스트라이크처럼 날아들다가 바깥쪽으로 흘러나가는 공을 요구했다.

강동원은 가볍게 고개를 끄덕였다. 그리고 공을 단단히 움켜쥔 채 힘차게 공을 내던졌다.

하지만 이번에도 어깨에 힘이 들어갔는지 공이 훨씬 더 바깥쪽으로 날아가 버렸다.

스티브 피스코티는 그대로 공을 지켜보았다.

그렇게 투 스트라이크 쓰리 볼.

볼카운트가 가득 차 버렸다.

"후우……."

강동원은 이마에 흐르는 땀을 소매로 훔친 후 길게 숨을
내쉬었다. 그리고 비스트 포지의 사인을 기다렸다.

비스트 포지는 포심 패스트볼을 몸 쪽으로 붙여 넣자고 사
인을 보냈다.

'커브를 연속 3개 던지는 건 위험하겠지.'

강동원도 동의하듯 가볍게 고개를 끄덕였다. 그러고는 비
스트 포지의 미트를 향해 힘껏 공을 내던졌다.

후앗!

강동원의 손끝을 빠져나간 공이 곧장 스티브 피스코티의
몸 쪽을 파고들었다. 그러자 스티브 피스코티도 기다렸다는
듯이 방망이를 내돌렸다.

따악!

묵직한 타격 소리가 요란하게 울렸다. 동시에 높이 치솟은
공이 쭉쭉 뻗어 나갔다.

강동원은 치떠진 눈으로 타구를 좇았다.

'나가라! 나가라! 나가!'

다행히도 강동원의 바람대로 타구는 마지막 순간에 파울
라인 바깥으로 빠져나가 버렸다.

만약에 꺾이지 않고 그대로 뻗어 날아갔다면 메이저리그

데뷔 이후 첫 피홈런을 맞았을지도 몰랐다.

"후우……."

강동원은 길게 한숨을 내쉬며 가슴을 쓸어내렸다. 공을 얻어맞았을 때는 솔직히 가슴이 철렁했는데 행운의 여신이 아직은 자신의 편인 것 같았다.

"메이저리그 타자들은 역시 쉽지 않아."

강동원은 고개를 절레절레 흔들며 마운드에 올랐다.

잠시 더그아웃과 사인을 교환한 비스트 포지는 바깥쪽 체인지업 사인을 냈다.

"이번에는 기필코 잡아낸다."

강동원은 글러브 안에서 체인지업 그립을 쥐었다. 그리고 비스트 포지의 미트를 향해 힘차게 공을 던졌다.

하지만 조금 전에 얻어맞았던 대형 파울 홈런의 여파 때문일까.

잘 날아가던 공이 마지막 순간에 스트라이크존을 살짝 벗어나 버렸다.

"젠장!"

강동원이 마운드를 걷어차며 아쉬워했다. 그렇게 이번 경기 첫 번째 사사구가 나왔다.

스티브 피스코티는 방망이와 장비를 풀어 헤친 후 유유히 1루로 뛰어갔다. 8구만에 볼넷을 얻어 출루했으니 어지간히

기분이 좋은 모양이었다.

반면 강동원은 선두 타자를 사사구로 출루시키며 또다시 위기에 빠졌다.

—아, 방금 공은 정말이지 아쉬웠습니다.

—그렇습니다. 조금만 더 신경을 써서 던졌다면 다른 결과가 나왔을 텐데 말이죠.

—8구까지 가는 동안 스티브 피스코티를 압도하지 못했습니다.

—게다가 사사구까지 내줬으니 강동원도 정신적인 충격이 적지 않을 것 같습니다.

—아무래도 4번 타자에 대한 중압감을 이겨내지 못한 듯싶습니다.

—하지만 아직 결과는 모릅니다. 경기는 끝난 게 아니니까요. 조금 더 차분하게 다음 선수들 상대한다면 이번 이닝 멋지게 끝낼 수 있지 않겠습니까?

—일단 다음 타자가 야디에르 모리나입니다. 이 경험 많은 타자를 어떻게 상대할지가 관건입니다.

해설진은 강동원이 심리적인 위기에 몰려 있다고 말했다.

그러나 해설진의 생각처럼 강동원은 흔들리지 않았다.

8구 승부를 펼치며 다소 기운이 빠지긴 했지만 그뿐이었다. 오히려 강동원은 5번 타자 야디에르 모리나를 더블플레이로 유도하고 위기를 넘길 생각을 먹었다.

야디에르 모리나는 명실공히 메이저리그 최고의 포수 중 한 명이었다.

2000년 드래프트에서 4라운드(전체 113번)로 카디널스에 지명되고 2004년 6월 3일에 데뷔한 이래 최고의 활약상을 보여주고 있었다.

야디에르 모리나는 내셔널리그 골든 글러브만 7번을 수상했다. 실버 슬러거도 한 차례 차지했고 2011년에 신설된 리그에서 가장 뛰어난 수비수 한 명에게 주는 플래티넘 글러브를 3번이나 받았다.

'만만치 않지만…… 잡을 수 있어.'

메이저리그 최고의 포수를 앞에 두고 강동원은 마음을 단단히 먹었다. 결코 쉽지 않겠지만 일단은 타자에 집중하며 경기를 풀어갈 생각이었다.

강동원은 세트포지션 상태에서 힐끔 1루를 보았다. 생각보다 스티브 피스코티의 리드가 크다고 느껴지자 냉큼 견제구를 던졌다.

"이런!"

멀찍이 리드를 펼쳤던 스티브 피스코티가 화들짝 놀라며

냉큼 1루로 귀루했다. 그러고는 매서운 눈으로 강동원을 노려보았다. 설마하니 자신에게 견제구를 날릴 거라고는 생각하지 못한 모양이었다.

그렇게 강동원은 스티브 피스코티를 1루에 꽁꽁 묶어놓았다. 그리고 야디에르 모리나를 향해 초구 바깥쪽 포심 패스트볼을 던졌다.

후앗!

강동원의 손끝을 빠져나간 공이 홈 플레이트 바깥쪽에 걸치듯 날아들었다. 그러자 야디에르 모리나가 재빨리 방망이를 돌렸다.

따악!

방망이 끝 부분에 걸린 공이 그대로 백네트 쪽으로 날았다.

'이걸 친다 이거지?'

비스트 포지가 미간을 찌푸리고는 2구째도 같은 코스의 공을 요구했다.

따악!

빠른 공이 눈에 들어오자 야디에르 모리나가 또다시 방망이를 내돌렸다. 이번에는 초구 때보다 조금 앞쪽에서 타구가 만들어졌다. 높이 솟아 오른 공이 좌익수 방향으로 쭉쭉 뻗어 날아갔다.

좌익수 아르헨 파건은 파울 라인 근처까지 뛰어갔다. 그러고는 두 손을 들어 올려 파울로 변한 타구를 잡아냈다.

"좋았어!"

큰 산 하나를 넘은 강동원이 주먹을 움켜쥐었다. 스티브 피스코티를 상대로 8구를 던졌는데 야디에르 모리나를 공 2개 만에 잡아냈으니 마음이 한결 가벼워지는 기분이었다.

야디에르 모리나가 아쉬운 얼굴로 더그아웃으로 돌아섰다. 그를 대신해 6번 타자 제드 지코가 타석에 등장했다.

우타석에 들어선 제드 지코는 방망이를 빙글빙글 돌린 후 강동원을 똑바로 노려보았다.

'아직 끝난 거 아냐. 강, 집중해.'

비스트 포지가 강동원에게 침착하라는 사인을 냈다. 제드 지코는 한 방 능력을 갖춘 타자였다. 정확도가 떨어진다고 해서 안이하게 대처했다가 장타를 얻어맞게 될 수 있었다.

'이 녀석은 극단적으로 잡아당기는 스타일이니까······.'

비스트 포지는 잠시 머리를 굴렸다. 힘 있는 타자를 상대로 땅볼을 유도한다는 게 생각처럼 쉬운 일은 아니지만 유인구를 잘 활용한다면 충분히 가능할 것 같았다.

'우선은 보여주기 식의 공을 던져 볼까?'

비스트 포지가 조심스럽게 손가락을 움직였다.

초구 사인은 바깥쪽 커브였다.

포심 패스트볼을 기다리고 있을 가능성이 높은 제드 지코의 허를 찌르자는 이야기였다.

사인을 확인한 강동원은 가볍게 고개를 끄덕였다. 그리고 비스트 포지가 요구하는 곳으로 빠르게 공을 던졌다.

후앗!

강동원의 손끝을 빠져나간 공이 큰 포물선을 그리며 바깥쪽으로 날아갔다. 제드 지코가 다급히 방망이를 돌려봤지만 커브의 낙폭을 계산하지 못하고 허공만 가르고 말았다.

'좋아. 그렇게 나와줘야지.'

비스트 포지는 예상대로 흘러가자 씩 웃어 보였다. 그리고 2구째 역시 바깥쪽 사인을 냈다.

구종은 슬라이더.

스트라이크 보다는 스트라이크처럼 들어오다 볼이 되는 공을 던져 주길 원했다.

사인을 확인한 강동원이 단단히 고개를 끄덕였다. 초구에 스트라이크를 잡은 뒤라 유인구를 던지는 데 큰 부담은 없었다.

후앗!

강동원의 손끝을 빠져나간 공이 홈 플레이트 앞에서 절묘하게 꺾이며 바깥쪽으로 휘어져 나갔다.

그런 줄도 모르고 제드 지코는 그 공을 포심 패스트볼이라 착각하고 힘차게 방망이를 휘둘렀다.

따악!

방망이 끝에 걸린 공이 3루수 에두아르 누네스의 정면으로 날아갔다.

"내가 잡을게!"

에두아르 누네스는 망설이지 않고 앞으로 달려 나가 타구를 낚아챘다. 그리고 곧장 2루 쪽으로 몸을 돌렸다.

"받아!"

에드아르 누네스의 손을 떠난 공이 2루수 조 패인의 글러브 속에 들어갔다. 조 패인은 다시 공을 빼내어 1루수 브래드 벨트에게 던졌다. 그렇게 5-4-3으로 이어지는 깔끔한 더블플레이가 완성되었다.

"좋았어!"

조마조마한 눈으로 상황을 지켜보던 강동원이 두 팔 벌려 포효했다. 그렇게 또 한 차례, 스스로 자초한 위기를 벗어나며 강동원이 이닝을 마쳤다.

8

"후우……."

더그아웃으로 돌아온 강동원은 글러브와 모자를 한쪽에 벗어놓고 수건으로 땀을 닦았다.

마이너리그에서 착실히 선발 수업을 받긴 했지만 확실히 메이저리그 선발 무대는 달랐다. 단 한 이닝도 쉽게 넘어가는 법이 없었다.

그 모습을 조용히 지켜보던 메디슨 범가드너가 자리에서 일어났다. 그리고 타자들이 모여 있는 곳으로 다가갔다.

"이봐, 너희들!"

더그아웃에 있던 선수들이 일제히 메디슨 범가드너에게 집중되었다. 막 헬멧을 쓰던 6번 브래드 크로포트도 나가려던 것을 멈추고 쳐다봤다.

"언제까지 끌려 다닐 거야? 강이 저렇게 고생하고 있는데, 이제 점수를 뽑아줄 때도 됐잖아. 안 그래?"

메디슨 범가드너의 잔소리에 타자들이 쓴웃음을 지었다.

다른 투수가 이딴 소리를 지껄였다면 화가 났겠지만 메디슨 범가드너는 자이언츠의 에이스였다. 월드 시리즈에서 홀로 3승을 챙기며 팀을 우승으로 이끈 영웅이기도 했다.

"그렇지 않아도 이번 타석 때는 하나 때릴 생각이었어."

"입으로 타격하지 말고. 실력을 보여 달라고."

"거참, 알았다니까."

타자들은 늘 그래왔던 것처럼 기분 좋게 웃어 넘겼다.

"좋아, 범가드너. 나만 믿으라고."

6번 타자 브래드 크로포트는 한술 더 떠 의욕을 불태웠다.

"좋아! 브래드! 가는 거야!"

메디슨 범가드너의 잔소리에 자이언츠 더그아웃이 다시 활기를 띠었다.

루키인 강동원이 이렇게까지 열심히 던져 주고 있는데 상대 팀 루키를 상대로 점수를 뽑지 못한다면 메이저리그 타자가 아니었다.

"큰소리 떵떵 쳤으니까 뭔가 보여줘야 해."

타석에 들어선 브래드 크로포트가 매서운 눈으로 알렉스 레이야스를 노려봤다. 그러나 알렉스 레이야스는 브래드 크로포트의 시선에 전혀 주눅이 들지 않았다.

"단단히 각오를 한 모양이지만 뜻대로는 안 될 거다."

알렉스 레이야스는 초구에 바깥쪽으로 포심 패스트볼을 던졌다.

그러자 브래드 크로포트가 반사적으로 방망이를 내돌렸다.

따악!

살짝 먹힌 소리와 함께 타구가 라인 선상으로 떠올랐다. 하지만 이내 1루 측 관중석으로 사라져 버렸다.

"후우……."

잠시 숨을 고른 뒤 알렉스 레이야스는 2구째 역시 똑같은 코스로 포심 패스트볼을 던졌다. 초구보다는 공 하나 정도 빠진, 유인구성 공이었다.

하지만 그걸 어찌 알았는지 브래드 크로포트가 반응하지 않았다. 살짝 어깨를 움찔하긴 했지만 그대로 서 있었다.

"쳇!"

알렉스 레이야스는 이맛살을 찡그렸다. 안 그래도 만만찮은 타자인데 평소답지 않게 유인구를 걸러낸다면 승부가 길어질 수밖에 없었다.

"좋은 공만 치겠다면 힘으로 눌러 버리는 수밖에!"

알렉스 레이야스는 빠른 공으로 브래드 크로포트를 처리해야겠다고 생각을 바꿨다.

포수 야디에르 모리나도 알렉스 레이야스와 같은 생각이었다. 그래서 3구째 몸 쪽으로 붙는 공을 요구했다.

"역시 모리나야."

사인을 확인한 알렉스 레이야스가 있는 힘껏 공을 내던졌다.

후앗!

알렉스 레이야스의 손끝을 빠져나간 공이 곧장 브래드 크로포트의 몸 쪽을 파고들었다.

따악!

브래드 크로포트는 거의 반사적으로 방망이를 내돌렸다. 방망이 안쪽에 걸린 공은 그대로 뒤쪽으로 날아가며 파울이 되었다.

"후우……."

가까스로 공을 걸어낸 브래드 크로포트가 무겁게 한숨을 내쉬었다.

'역시, 이 녀석은 만만치 않아.'

공 하나를 골라내서 기분이 좋았는데 곧바로 투 스트라이크 원 볼로 몰려 버렸다. 포수가 경험 많은 야디에르 모리나인 걸 떠나서 알렉스 레이야스도 좋은 피칭을 선보이고 있었다.

'침착하자. 속으면 안 돼.'

브래드 크로포트는 방망이를 살살 돌려가며 다시 타석에 들어섰다. 볼카운트가 불리하니 십중팔구 유인구가 들어올 터. 그 공을 골라내지 못하면 출루를 할 가능성이 없었다.

퍼억!

다행히도 브래드 크로포트는 4구째 들어온 바깥쪽 체인지업을 이 악물고 참아냈다. 덕분에 알렉스 레이야스—야디에르 모리나 배터리도 머릿속이 복잡해졌다.

'곧바로 포심으로 승부를 거는 게 어때요?'

'아니, 빠른 공을 노리고 있을 거야. 차라리 커브로 유인하자고.'

'유인구를 던지라고요? 그러다 볼이 되면 풀카운트예요!'

'걱정 말고 던지라는 대로 던져. 브래드 크로포트는 공격적인 타자라고. 분명 뭔가 반응을 보일거야.'

야디에르 모리나는 5구째 바깥쪽으로 떨어지는 커브 사인을 냈다. 알렉스 레이야스도 이내 고개를 끄덕이고는 야디에르 모리나의 미트를 향해 정확하게 공을 던졌다.

야디에르 모리나의 예상대로 브래드 크로포트는 커브가 들어오자 방망이를 내돌렸다. 그런데 마지막 순간의 대처가 좋았다. 공이 빠져나가자 엉덩이를 쭉 뒤로 빼며 한 손으로 방망이를 돌려 공을 건드린 것이다.

따악!

방망이 끝 부분에 걸린 타구가 절묘한 코스로 흘러갔다. 하필 투수와 포수, 3루수 사이로 구른 것이다.

"이런!"

알렉스 레이야스는 재빨리 균형을 잡고 타구를 향해 손을 뻗었다. 하지만 회전이 걸린 타구는 알렉스 레이야스의 손에서 빙글 돌아 빠져나가 버렸다.

그사이 브래드 크로포트는 뒤도 돌아보지 않고 1루로 내달렸다.

"비켜! 내가 잡을게!"

뒤늦게 달려온 3루수 제드 지코가 글러브로 공을 받았다. 하지만 그때는 이미 브래드 크로포트가 1루에 거의 다 도착한 상태였다.

"젠장할!"

결국 제드 지코는 1루로 공을 던지지 못했다. 1루수 맷 카펜터스가 늦었다는 신호를 보냈음에도 무리해서 송구했다가 실수가 나올지도 모를 일이었다.

"쳇!"

알렉스 레이야스는 얼굴을 잔뜩 일그러뜨렸다. 그러자 야디에르 모리나가 다급히 마운드로 올라와 말했다.

"알렉스, 괜찮아. 신경 쓰지 마. 그냥 운이 나빴던 것뿐이야."

"알아요. 하지만 기분은 좋지 않네요."

"잊어버려. 그리고 도루도 걱정하지 마. 내가 절대 못 뛰게 막을 테니까. 넌 타자에게만 집중해."

"알았어요."

알렉스 레이야스가 마지못해 고개를 끄덕였다. 하지만 조금 전 상황이 야디에르 모리나의 말처럼 쉽게 잊히진 않았다.

'제기랄, 저런 걸 치고 나다가니!'

알렉스 레이야스가 매서운 눈으로 브래드 크로포트를 노려봤다.

하지만 브래드 크로포트는 꿈쩍도 하지 않았다. 오히려 실실 웃으며 알렉스 레이야스를 자극했다.

'후우……. 신경 쓰지 말자. 지금은 타자에 집중해야 해.'

알렉스 레이야스가 애써 고개를 돌려 홈 플레이트를 바라봤다. 그러자 브래드 크로포트가 보란 듯이 리드 폭을 넓히기 시작했다.

'저 자식이!'

브래드 크로포트가 생각보다 리드 폭을 크게 가져가자 알렉스 레이야스가 곧바로 견제구를 던졌다.

팡!

날카로운 견제구가 곧바로 맷 카펜터스의 글러브에 꽂혔다.

하지만 1루심은 두 팔을 벌렸다.

"세이프!"

브래드 크로포트의 귀루가 더 빨랐다고 판단한 것이다.

그런데 그 순간 구심이 마스크를 벗으며 소리쳤다.

"피처 보크! 피처 보크!"

"뭐? 내가 보크라고?"

알렉스 레이야스는 어이없는 표정으로 구판을 보았다. 가뜩이나 행운의 안타를 맞고 기분이 나쁜 상황에서 보크라니! 구심이 자신의 야구를 망치려 든다고 여겼다.

"뭐라고? 다시 말해봐! 보크? 내가 무슨 보크를 했다는 거야!"

알렉스 레이야스가 마운드를 내려와 심판에게 소리쳤다.

그러자 야디에르 모리나가 다급히 달려 나와 알렉스 레이야스를 끌어안았다.

"알렉스! 침착해! 지금 뭐 하는 거야!"

야디에르 모리나는 알렉스 레이야스를 다시 마운드로 끌고 갔다. 하지만 알렉스 레이야스는 좀처럼 흥분을 멈추지 않았다.

"모리나도 들었잖아요! 나더러 보크래요. 도대체 어디가 보크라는 거예요?"

알렉스 레이야스는 구심이 말도 안 되는 걸로 트집을 잡는다고 여겼다.

하지만 정작 야디에르 모리나는 알렉스 레이야스를 두둔할 수가 없었다.

"알렉스, 너 보크 맞아!"

"네에?"

"진정하고 저길 봐!"

야디에르 모리나가 전광판을 가리켰다. 그곳에는 알렉스 레이야스의 견제 동작이 천천히 되풀이되고 있었다.

몇 번이고 영상을 살피던 알렉스 레이야스도 이내 눈매를 굳혔다.

"너도 봤지?"

"하아, 젠장할."

"그러니까 주자에 신경 쓰지 말라고 했잖아."

"이렇게 될 줄 알았나요."

"어쨌든 다 잊어버려. 어차피 하위 타선이야. 점수 내주지 않고 막아낼 수 있어."

"후우……"

알렉스 레이야스가 길게 숨을 내쉬며 고개를 끄덕였다. 그리고 스스로를 자책했다.

1루 견제 시 내딛는 다리가 1루 베이스로 향해야 하는데 리플레이 영상으로는 내딛는 발의 위치가 살짝 애매했다. 고의적인 건 아니지만 구심이 보크라고 말해도 할 말이 없었다.

'바보 같은 실수를 하다니.'

알렉스 레이야스의 표정이 점점 굳어졌다. 그러자 야디에르 모리나가 잊어버리라며 어깨를 두드렸다.

"됐어. 어차피 벌어진 일이니까 이제는 타자에만 집중하자!"

"네."

"그래, 나머지 타자들을 잡아내면 되는 거야."

야디에르 모리나는 알렉스 레이야스를 잘 다독여 준 후 자신의 자리로 갔다. 그러면서 마이크 앤서니 감독에게 손을 들어 괜찮다는 신호를 보내주었다.

더그아웃 앞쪽에서 상황을 지켜보던 마이크 앤서니 감독도 이내 고개를 끄덕이고는 자신의 자리로 돌아갔다.

알렉스 레이야스의 피처 보크로 브래드 크로포트는 1루에서 2루로 진루했다.

무사에 바로 등 뒤에 주자를 둔 채 알렉스 레이야스는 긴 호흡을 내뱉으며 흥분을 가라앉혔다.

'그래, 내가 너무 흥분했어. 타자에만 집중하자! 타자에만.'

알렉스 레이야스는 고개를 돌려 7번 타자 에두아르 누네스를 상대했다.

초구는 몸 쪽 포심 패스트볼을 붙여 스트라이크를 잡아냈다.

2구는 바깥쪽으로 흘러 나가는 슬라이더를 던져 파울을 유도해 냈다.

3구째 바깥쪽 체인지업을 던졌으나 속지 않아 볼.

'다들 왜들 이러는 거야? 유인구는 거들떠보지도 않고. 벤치에서 따로 지시라도 나온 거야?'

야디에르 모리나는 슬슬 걱정이 되었다. 앞선 이닝 때 볼에도 잘만 방망이를 내돌리던 자이언츠 타자들이 침착해지고 있었다. 반면 알렉스 레이야스는 무사 주자 2루의 위기에 몰린 상황이었다.

여기서 무작정 힘으로 승부했다가는 큰 걸 얻어맞을 가능성이 높았다. 그렇다고 통하지 않는 유인구를 남발하는 것도 쉽지 않았다.

'일단은 하나 더 유인해 보자.'

야디에르 모리나는 4구째 바깥쪽 커브를 요구했다.

아직까지 자이언츠 타자들은 알렉스 레이야스의 커브를 제대로 공략하지 못했다. 그 커브를 스트라이크존에 찔러 넣는다면 타자들의 허를 찌를 수 있다고 여겼다.

'자, 알렉스! 이 공으로 삼진을 잡자!'

야디에르 모리나가 미트를 들어 보였다. 알렉스 레이야스도 커브 그립을 쥐고 야디에르 모리나의 미트를 향해 힘껏 던졌다.

후앗!

알렉스 레이야스의 손끝을 빠져나간 공이 큰 포물선을 그리더니 바깥쪽으로 뚝 떨어졌다.

그 순간.

'왔다!'

에두아르 누네스가 마치 기다렸다는 듯이 커브에 맞혀 방망이를 휘둘렀다.

따악!

공은 하늘 높이 떠올랐다. 그리고 우익수 방향으로 쭉쭉 뻗어갔다.

카디널스의 우익수 스티브 피스코티가 공을 확인한 후 뒤로 뛰어갔다. 그렇게 한참을 움직인 뒤 워닝 트랙 앞쪽에서 스티브 피스코티가 걸음을 멈춰 세웠다.

스티브 피스코티의 움직임을 확인한 2루 주자 브래드 크로포트가 태그 업을 위해 2루 베이스에 발을 내디뎠다. 그러고는 스티브 피스코티가 공을 잡자마자 곧바로 3루로 내달렸다.

파앗!

스티브 피스코티로부터 출발한 공이 빠르게 중계가 됐다. 하지만 브래드 크로프트가 한발 빨랐다.

촤라라랏!

3루에 헤드 퍼스트 슬라이딩을 성공시킨 뒤 브래드 크로포트는 허벅지에 묻은 흙을 털어내며 씩 웃어 보였다.

1아웃 주자 3루.

득점 주자가 코앞까지 다가왔다.

이제 꼭 안타가 아니어도 상관없었다. 깊숙한 플라이 볼이나 까다로운 땅볼 타구만 나와도 3루 주자는 홈을 밟을 수 있었다.

선취점을 올릴 절호의 순간에 8번 타자 조 패인이 타석으로 들어섰다.

'제기랄! 삼진으로 잡았어야 했는데.'

알렉스 레이야스는 삼진을 잡기 위해 던진 공이 플라이로 연결됐다는 사실이 불만스러웠다. 그래서 조 패인이 방망이를 들었는데도 좀처럼 투구판을 밟지 못했다.

'알렉스, 이겨내야 해.'

야디에르 모라니가 다시 마운드에 올라가 알렉스 레이야스를 다독거리고 싶은 걸 꾹 참았다.

'네가 극복해야 해. 이런 상황은 언제든지 벌어져. 스스로 이겨내야 한다고.'

야디에르 모리나는 알렉스 레이야스를 독려하듯 미트를 주먹으로 두드렸다.

물론 알렉스 레이야스가 이 위기를 극복하지 못한다면 대량 실점으로 이어질 가능성이 높았다. 하지만 어떻게든 이 위기를 극복해 낸다면 모두의 바람처럼 알렉스 레이야스는 에이스로서 한발 더 내디딜 수 있을 터였다.

'자! 몸 쪽 패스트볼! 어디 던져 봐!'

야디에르 모리나는 생각을 마치고 곧바로 사인을 보냈다. 정신이 없는 알렉스 레이야스가 쉽게 던지기 어려운 코스이긴 했지만 이 위기를 극복하기 위해서는 독해질 수밖에 없었다.

"후우……."

알렉스 레이야스는 3루를 힐끔 본 후 곧바로 공을 던졌다.

후앗!

알렉스 레이야스의 손끝을 빠져나간 공이 조 패인의 몸 쪽으로 빠르게 날아갔다.

그런데 생각보다 공이 더 깊게 파고들었다. 조 패인은 화들짝 놀라며 뒤로 몸을 빼려고 했지만 워낙에 빠른 볼이라 제대로 피하지 못했다.

그 결과 약간 펄럭거리던 옷자락에 공이 스치고 말았다.

"심판! 맞았어요!"

조 패인은 재빨리 자신의 옷자락을 가리켰다.

구심도 소리를 들은 듯 손가락을 1루로 가리켰다.

"크윽!"

알렉스 레이야스는 인상을 찡그렸다. 그러자 야디에르 모리나도 아쉬움 가득한 얼굴로 고개를 돌려 마이크 앤서니 감독을 보았다. 그리고 작게 고개를 가로저었다.

사인을 받은 마이크 앤서니 감독은 곧장 투수 코치를 불렀다.

"데릭!"

"네, 감독님."

"불펜 준비시키게."

"알겠습니다."

데릭 릴리크 투수 코치가 곧바로 뒤에 있는 전화기를 들었다. 그사이 마이크 앤서니 감독은 마운드에 있는 알렉스 레이야스를 보며 나직이 중얼거렸다.

"그래도 불펜이 준비될 때까지는 버텨줘야 할 텐데……."

그나마 다행인 것은 이번 타석이 9번 타자, 투수 강동원의 차례라는 점이었다.

여기서 강동원을 삼진으로 잡고, 1번 타자를 아웃시키면 무실점으로 이닝을 막을 수 있었다.

그렇게만 된다면 알렉스 레이야스도 잃어버린 자신감을 되찾을 수 있을 것 같았다. 하지만 만에 하나 강동원에게 볼넷이나 안타라도 내준다면…….

'절대 그런 일이 있으면 안 돼!'

마이크 앤서니 감독은 고개를 가로저었다.

조 패인이 천천히 1루로 걸어 나간 사이 강동원이 타석에 들어왔다.

1아웃 주자 1, 3루였다.

9번 타순이긴 하지만 득점을 올릴 절호의 기회였다.

그래서일까.

"강!"

타석에 들어서기 전 헨리 모렌스 타격 코치가 강동원에게 다가왔다.

"지금 알렉스 레이야스는 무척 흔들리고 있어. 그러니 부담 갖지 말고 초구를 때려! 무조건! 알겠어?"

"초구요?"

"그래, 초구. 분명 칠 만한 공이 들어올 거야."

"아, 네에."

"그래, 가서 힘껏 휘두르라고!"

헨리 모렌스 코치가 강동원에게 부담감을 팍팍 주며 더그 아웃으로 돌아갔다. 그 부담감이 강동원의 굳은 타격 자세를 통해 드러났다.

그러자 알렉스 레이야스는 왠지 모를 불안함에 휩싸였다. 느낌상 강동원이 안타를 때려낼 것만 같았다.

'아니야, 그럴 리 없어…….'

알렉스 레이야스는 투구판에서 발을 풀고 한참 동안 호흡을 골랐다. 그러고는 야디에르 모리나의 사인에 맞춰 바깥쪽으로 흘러나가는 체인지업을 던졌다.

그런데.

따악!

그 공을 강동원이 가볍게 툭 하고 밀어쳐 버렸다.

"……!"

알렉스 레이야스가 깜짝 놀라 눈을 치떴다. 하필이면 느려진 타구가 자신의 옆으로 구르고 있었다.

'잡아야 돼!'

알렉스 레이야스는 무너지던 자세를 바로 잡으며 타구를 잡기 위해 팔을 쭉 뻗었다. 하지만 야속하게도 공은 글러브의 옆면에 툭 맞고 그대로 굴절이 되어버렸다.

'아아, 안 돼애애애–'

알렉스 레이야스가 속으로 비명을 내질렀지만 소용없었다. 타구는 이미 1루 쪽 파울 라인을 넘어 느리게 굴러가 버렸다. 1루수 맷 카펜터스가 곧바로 달려가 공을 잡았지만 그때는 이미 강동원이 1루에 안착한 후였다.

그사이 3루 주자 브래드 크로포트가 홈을 밟으며 득점을 하였다. 1루 주자 조 패인도 여유롭게 2루까지 들어갔다.

그렇게 0 대 0의 균형이 허무하게 깨졌다.

강동원의 첫 안타가 타점으로까지 이어진 것이다.

"내가 무슨 짓을 한 거지?"

강동원이 떨떠름한 얼굴로 전광판만 바라봤다.

그러자 헨리 모렌스 코치가 곧바로 1루로 뛰어가 강동원에게 바람막이 옷을 건넸다.

"강! 잘했어! 정말 잘했어!"

헨리 모렌스 코치는 제 일처럼 강동원을 칭찬해 주었다.

강동원은 재킷을 몸에 걸쳤다. 그사이 헨리 모렌스 코치가 맷 카펜터스에게 다가가 뭐라고 말을 하며 손을 내밀었다.

그러자 맷 카펜터스가 글러브 안에서 공을 빼내 헨리 모렌스 코치에게 건넸다. 헨리 모렌스 코치는 공을 조심스럽게 받아 들고는 다시 더그아웃으로 뛰어갔다.

"이번이 첫 안타지? 어쨌든 축하한다."

맷 카펜터스가 강동원에게 다가가 축하 인사를 건넸다. 비록 적이긴 하지만 메이저리그 첫 안타는 누구에게나 소중한 기억이었다.

"고, 고마워요."

강동원도 어색한 웃음을 지으며 답을 해주었다.

그사이 1번 타자 다나드 스팬이 타석에 등장했다.

"후우……."

강동원은 잔뜩 긴장한 얼굴로 베이스에서 두어 발자국 내디뎠다. 알렉스 레이야스가 투구판에 올라서서 강동원을 곁눈질로 째려봤다.

그 눈빛이 제법 사나웠지만 강동원은 도망치지 않았다.

'뛸 생각은 없으니까 적당히 하라고.'

강동원의 속내를 읽은 듯 알렉스 레이야스는 견제구 없이 초구를 던졌다.

퍼엉!

빠른 공이 바깥쪽 스트라이크존에 걸쳐 들어갔다.

"스트라이크!"

구심도 군말 없이 오른팔을 들어 올렸다.

"좋아!"

야디에르 모리나가 평소보다 더욱 큰 목소리로 알렉스 레이야스를 독려했다.

그러자 알렉스 레이야스도 욕심을 부렸다. 2구 역시 초구와 거의 비슷한 코스로 포심 패스트볼을 내던진 것이다.

그러자 다나드 스팬이 기다렸다는 듯이 방망이를 휘둘렀다.

따악!

힘껏 잡아당긴 공이 1, 2루 간을 꿰뚫듯 날아갔다.

하지만 하필이면 2루수 콜든 윙의 호수비에 걸렸다.

"2루로!"

콜을 받은 2루수 콜든 윙은 재빨리 몸을 일으켜 유격수 알레디미스 디아르에게 토스를 했다. 그러자 알레디미스 디아르가 곧장 1루수 맷 카펜터스에게 공을 던졌다.

4-6-3으로 이어지는 더블플레이가 나왔다.

투수인 강동원이 열심히 뛰어봤지만 더블플레이를 막지는 못했다.

그렇게 1사 1, 2루 기회가 추가 득점 없이 끝이 났다.

"후우……."

2루로 향하던 강동원은 가쁜 숨을 몰아쉬며 더그아웃 쪽으로 몸을 돌렸다. 그러자 비스트 포지가 한발 앞서서 강동원의 모자와 글러브를 가져왔다.

"자, 받아."

"고마워요, 포지."

강동원은 그라운드에서 장비를 착용했다. 더그아웃으로 돌아가 숨을 돌리기에는 아무래도 시간이 부족했다.

"힘들지?"

"네에, 좀……."

"최대한 호흡을 크게 해서 숨을 골라. 이제부터 시작이니까."

"알겠습니다."

강동원은 비스트 포지의 조언대로 크게 심호흡을 했다. 그리고 곧바로 마운드로 걸음을 옮겼다.

구심도 강동원의 사정을 이해하고 평소보다 연습 투구 시간을 길게 주었다. 하지만 타격 이후 주루 플레이를 하다가 곧바로 투구로 전환하려니 어깨에 힘이 들어가 있었다.

덕분에 7번 타자 랜달 그린첵에게 던진 초구가 가운데로 몰리고 말았다.

실투.

그리고 랜달 그린첵은 그 공을 놓치지 않았다.

따앙!

깔끔한 타격음과 함께 타구가 투수 옆을 꿰뚫고 나갔다.

중전 안타.

2루수 조 패인이 몸을 날려봤지만 워낙에 타구가 빨라 글러브를 뻗어보지도 못했다.

"강동원! 정신 차려!"

순식간에 안타를 얻어맞은 강동원은 스스로를 향해 고함을 내질렀다. 이건 누가 뭐래도 자신의 실수였다. 아무리 타석에 들어섰다고는 하지만 너무나 안이하게 공을 던지고 말았다.

그러자 비스트 포지가 타임을 부르며 마운드로 올라갔다.

"강, 괜찮아? 아직도 힘들어?"

"아, 아니에요. 포지."

"한 점 여유가 있으니까 조금 전에 맞은 안타는 잊어. 대신 이번 기회에 심호흡 확실히 해. 내가 시간을 끌어줄 테니까."

"고마워요, 포지."

강동원은 비스트 포지의 지시대로 숨을 골랐다.

그러자 해설진이 비스트 포지에게 칭찬을 보냈다.

―비스트 포지, 역시 자이언츠의 안방마님답습니다. 영리하게 타임을 부르고 강에게 숨 돌릴 여유를 주고 있네요.

―네, 그렇습니다. 그렇지 않아도 강동원이 너무 빨리 투구에 들어간 것 같다고 지적했는데 지금이라도 끊어주어서 다행입니다.

─포수라면 당연히 저래야 합니다. 게다가 강동원은 전 타석에서 환상적인 내야 안타로 자이언츠에 귀한 선취점을 뽑아줬으니까요. 흥분되는 것도 무리는 아니겠죠.

─하하, 생각해 보니 그렇네요. 메이저리그 첫 안타에 첫 타점, 거기에 선발 데뷔 승까지 거둔다면 오늘 경기를 평생 기억하게 될 것 같습니다.

'다행히 하위 타선이니까. 편안하게 던져!'

포수석으로 돌아간 비스트 포지는 초구에 몸 쪽 포심 패스트볼을 요구했다. 콜든 윙이 재능 있는 타자이긴 하지만 강동원의 힘 있는 포심 패스트볼이라면 충분히 땅볼로 유도할 수 있다고 여겼다.

사인을 확인한 강동원이 단단히 고개를 끄덕였다. 그리고 비스트 포지의 미트를 향해 힘차게 공을 내던졌다.

후앗!

강동원의 손끝을 빠져나간 공이 곧장 콜든 윙의 몸 쪽을 파고들었다. 그러자 콜든 윙이 냉큼 방망이를 휘둘렀다.

따악!

방망이 안쪽에 공이 걸린 듯 완전히 먹힌 듯한 타격 소리가 났다. 뒤이어 방망이가 두 동강이 나더니 3루 쪽으로 날아갔다.

"이크!"

3루수 에두아르 누녜스가 깜짝 놀라며 몸을 피했다.

하지만 강동원은 당황하지 않고 자신의 코앞으로 굴러 온 타구를 처리하기 위해 움직였다.

'침착하자! 침착해!'

강동원은 글러브를 단단히 펼쳐서 타구를 정확하게 포구해 냈다. 그리고 오른손을 집어넣어 공을 움켜쥐는 데까지 성공했다.

그런데 너무 들뜬 나머지 송구 동작에서 힘이 들어갔다.

"앗!"

더블플레이를 위해 2루 베이스로 달려가던 2루수 조 패닌이 순간 멈칫했다. 그리고는 팔을 쭉 뻗어 2루를 벗어나려던 공을 가까스로 잡아냈다.

"세이프!"

한참을 지켜보던 2루심이 두 팔을 양옆으로 뻗었다. 포구 순간 2루 베이스에서 발이 떨어졌다고 판단한 것이다. 설상가상 후속 플레이로 연결되지 못하면서 타자 주자 콜든 윙마저 1루에 살아 들어가고 말았다.

"하아, 미치겠네. 강동원 너 뭐 하는 거야!"

강동원은 아쉬움을 감추지 못했다. 이번에도 조금만 침착했다면 좋았을 텐데 서두르는 과정에서 더블플레이를 놓치고 말았다.

하지만 강동원은 곧바로 고개를 흔들며 아쉬움을 털어냈다. 천만다행히도 다음 타자가 바로 투수 알렉스 레이야스의 차례였다.

대타 교체가 유력했던 타석에 알렉스 레이야스가 방망이를 들고 들어왔다. 교체가 없는 걸로 봐서 카디널스에서는 알렉스 레이야스를 한두 이닝 정도 더 끌고 갈 모양이었다.

포수석에 서 있던 비스트 포지도 알렉스 레이야스가 나오자 마운드에 올라가지 않고 내야수들의 수비 위치를 점검한 뒤 다시 자리에 앉았다.

타석에 선 알렉스 레이야스는 1실점 한 뒤라 그런지 바짝 약이 올라 있었다.

'나한테서 안타를 뽑아냈다. 이거지? 두고 봐라, 강. 이번에는 내 차례다.'

알렉스 레이야스가 방망이를 단단히 움켜쥐었다. 분위기만 봐서는 담장 밖으로 타구를 날려 버릴 것만 같았다.

하지만 강동원은 알렉스 레이야스에게서 신경을 꺼버렸다. 대신 비스트 포지와 확실하게 사인을 주고받았다. 그리고 초구에 바깥쪽으로 흘러 나가는 슬라이더를 내던졌다.

후앗!

강동원의 손끝을 빠져나간 공이 마지막 순간에 홈 플레이트 바깥쪽으로 흘러 나갔다. 그런 줄도 모르고 알렉스 레이야스는 성급하게 방망이를 내돌려 헛스윙을 해버렸다.

강동원은 2구째 몸 쪽으로 포심 패스트볼을 붙여 넣었다.

퍼엉!

빠르게 날아든 공이 묵직하게 꽂혔다. 알렉스 레이야스가 움찔 놀라며 허리를 살짝 뒤로 뺐지만 구심은 스트라이크존을 통과했다고 선언했다.

투 스트라이크 노 볼.

투수에게 절대적인 볼카운트가 만들어지자 비스트 포지가 짓궂은 사인을 냈다.

바깥쪽 커브.

그것도 스트라이크존을 통과하듯 날아들다가 마지막에 뚝 하고 떨어지는 유인구.

타자도 아닌 투수라면 백이면 백 속아 넘어갈 수밖에 없는 공이었다.

'포지도 참.'

강동원은 씩 웃으며 고개를 끄덕였다. 그리고 비스트 포지의 요구대로 힘차게 공을 던졌다.

'바깥쪽 커브다!'

어느 정도 볼 배합을 예상한 듯 알렉스 레이야스는 망설이지 않고 방망이를 내돌렸다.

하지만 그뿐. 생각보다 일찍 떨어져 내린 공에 타이밍을 맞추지 못하고 애꿎은 허공만 가르고 말았다.

"스트라이크 아웃!"

"크아아악!"

3구 삼진을 당한 알렉스 레이야스가 고함을 지르며 더그 아웃으로 걸어갔다. 그러거나 말거나 강동원은 공을 받아 들고 마운드를 내려가 숨을 돌렸다.

무사 1, 2루가 1사 1, 2루로 바뀌었다.

이제 더블플레이 하나면 이닝을 끝낼 수 있었다.

로진백을 툭툭 털어낸 후 강동원은 손에 묻은 흰 가루를 후, 하고 길게 불어냈다.

그사이 카디널스의 1번 타자가 다시 타석에 들어섰다.

맷 카펜터스.

이 까다로운 타자와 벌써 세 번째 승부를 펼쳐야 했다.

'침착해자. 아직 경기 끝난 거 아냐.'

강동원이 크게 심호흡을 한 후 투구판을 밟았다. 비스트 포지도 잠시 뜸을 들인 뒤에 신중하게 사인을 냈다.

사인을 확인한 뒤 강동원은 눈으로 1루 주자를 묶었다. 그리고 곧바로 투구판을 박차고 앞으로 나갔다.

후앗!

초구는 몸 쪽을 파고드는 슬라이더.

따악!

맷 카펜터스가 곧바로 방망이를 내돌렸다.

하지만 공이 마지막 순간에 잘 꺾여 들어가면서 날카로운 타구는 1루 파울 라인을 벗어나는 파울이 되었다.

"후우……."

애써 흥분을 가라앉히며 강동원이 곧바로 2구를 던졌다.

후앗!

2구는 몸 쪽 포심 패스트볼이었다. 알렉스 레이야스에게 던졌던 것처럼 최대한 낮게 던졌다.

홈 플레이트 쪽에 바짝 붙어 있던 맷 카펜터스도 움찔 놀라며 엉덩이를 뒤로 빼냈다.

하지만 구심은 가볍게 오른팔을 들어 올렸다.

"이게 스트라이크라고요?"

맷 카펜터스가 살짝 이해가 되지 않는 듯 고개를 갸웃했지만 대놓고 불만을 제기하지는 않았다. 구심과 실랑이를 벌여 봐야 좋을 게 없다는 걸 베테랑답게 잘 알고 있었다.

맷 카펜터스는 타석에서 벗어나 잠시 숨을 골랐다.

투 스트라이크 노 볼.

보나마나 유인구가 들어올 가능성이 높은 볼카운트에서 노림수를 정확하게 가져가야 했다.

그렇게 한참 동안 시간을 끈 뒤에 맷 카펜터스가 타석에 들어왔다.

'체인지업, 아니면 다시 슬라이더.'

맷 카펜터스는 둘 중 하나가 들어올 것이라 예상했다. 하지만 강동원과 비스트 포지가 선택한 공은 전혀 달랐다.

후앗!

강동원의 손끝을 빠져나간 공이 곧장 맷 카펜터스의 몸 쪽을 파고들었다.

'몸 쪽 포심!'

맷 카펜터스는 깜짝 놀라 방망이를 내돌렸다. 설마하니 강동원이 3구에 바로 승부를 걸어올 줄은 예상하지 못한 것이다.

하지만 정작 포심 패스트볼처럼 날아들던 공은 마지막 순간에 뚝 떨어져 맷 카펜터스의 스윙을 볼썽사납게 만들었다.

변형 커브.

강동원의 대담한 승부수에 노련한 맷 카펜터스도 당하고 말았다.

"스트라이크 아웃!"

구심의 삼진 콜이 요란하게 울렸다.

"좋았어!"

강동원이 주먹을 움켜쥐며 소리쳤다.

반면 맷 카펜터스는 고개를 절레절레 흔들며 도저히 이해할 수가 없다는 표정을 지었다.

강동원의 연속 삼진으로 1사 1, 2루가 2사 1, 2루로 바뀌었다. 그리고 대기 타석에 있던 2번 알레디미스 디아르가 들어섰다.

강동원은 비스트 포지의 사인대로 공을 던졌다.

초구는 바깥쪽에 걸치는 포심 패스트볼을 던져 스트라이크를 잡아냈다. 어깨에 힘이 들어간 듯 살짝 공이 빠졌지만 비스트 포지가 능숙하게 프레이밍을 선보이며 스트라이크로 만들어주었다.

초구 스트라이크를 얻어낸 뒤 강동원은 2구째 몸 쪽으로 포심 패스트볼을 붙여 넣었다.

"어딜!"

알레디미스 디아르가 냉큼 엉덩이를 빼며 방망이를 내돌렸다. 기술적인 타격에 제법 큼지막한 타구가 만들어졌다.

하지만 결과는 파울. 마지막 순간에 1루 측 관중석으로 휘어져 나가고 말았다.

볼카운트 투 스트라이크 노 볼.

투수에게 절대적으로 유리한 가운데 비스트 포지와 강동원은 과감한 시도를 했다.

커브를 의식하고 있을 알레디미스 디아르에게 곧장 빠른 공으로 승부를 걸자는 것이다.

사인을 주고받은 뒤 강동원은 이를 악물고 공을 내던졌다.

후앗!

강동원의 손끝을 빠져나간 공이 바람소리를 내며 홈 플레이트 바깥으로 파고들었다. 알레디미스 디아르가 다급히 방망이를 내돌려봤지만 그보다 한발 앞서 공은 홈 플레이트를 스쳐 지나가 버렸다.

퍼엉!

묵직한 포구 소리가 경기장에 울려 퍼졌다.

"스트라이크, 아웃!"

구심이 요란스레 주먹을 휘둘렀다.

–강! 삼진입니다! 세 타자 연속 삼진입니다!

–강동원 선수, 대단하네요. 무사 1, 2루의 위기 상황을 혼자만의 힘으로 이겨내 버렸습니다.

중계진은 감탄을 금치 못했다. 설마하니 강동원이 무사 1, 2루의 위기를 아무렇지도 않게 넘길 줄은 예상하지 못한 모양이었다.

5회가 끝이 나고 중계진은 서둘러 양 팀 선발 투수에 대한 비교 분석에 들어갔다.

투구 수는 알렉스 레이야스보다 강동원이 더 많았다. 피안타는 4개로 동률을 이뤘지만 강동원은 사사구를 더 많이 내주었다. 반면 삼진은 강동원이 3개 더 많았다.

　－자이언츠가 1 대 0으로 앞서가는 가운데 양 팀 선발 투수들이 호투를 이어가고 있습니다.

　－그렇습니다. 하지만 두 선수 모두 6회가 마지막이 될 가능성이 높아 보입니다.

　－확실히 두 선수 모두 루키니까요. 양 팀 감독들도 굳이 루키들을 고생시키려 들지 않겠죠.

　－네, 정확하게 말해 두 선수는 현재 선발 테스트 중이라고 봐야 할 것 같습니다.

　중계진이 강동원과 알렉스 레이야스에 대한 전망을 늘어놓는 사이 6회 초가 시작됐다.

　카디널스의 마운드는 여전히 알렉스 레이야스가 지키고 있었다. 1실점을 하긴 했지만 투구 수에 여유가 있어서 한 이닝 더 맡기기로 결정이 난 상태였다.

　알렉스 레이야스가 처음으로 상대할 타자는 2번 타자 아르헨 파건이었다.

　아르헨 파건은 알렉스 레이야스가 지쳤다고 생각하고 초구부터 공격적으로 방망이를 휘둘렀다.

　하지만 아르헨 파건이 공격적으로 나올 걸 간파한 야디에르 모리나는 좋은 공을 주지 않았다.

"젠장!"

초구 바깥쪽 체인지업은 크게 헛치며 스트라이크.

2구 몸 쪽 높은 포심 패스트볼은 타이밍을 맞추지 못해 파울.

3구 바깥쪽 커브에 방망이를 휘둘러 봤지만.

후웅!

애꿎은 허공만 가르며 헛스윙.

"크읔!"

그렇게 삼진을 당한 아르헨 파건은 입술을 살짝 깨물고는 몸을 돌려 더그아웃으로 들어가고 말았다.

"후우……."

첫 타자를 3구 삼진으로 잡아낸 알렉스 레이야스의 표정이 한결 밝아졌다.

반면 대기 타석에 있던 비스트 포지는 멋쩍은 표정이었다.

"왜 갑자기 살아나고 그러는 거야? 쓸데없이."

비스트 포지는 앞선 두 타석에서 알렉스 레이야스에게 꽁꽁 묶여 있었다. 하지만 이번만큼은 어떻게든 출루를 할 생각이었다.

'뭔가 노리는 모양인데?'

비스트 포지의 표정을 확인한 야디에르 모리나는 조금 더 까다로운 코스의 공을 요구했다. 하지만 자신도 모르게 들떠

버린 알렉스 레이야스는 야디에르 모리나의 요구에 부응하지 못했다.

초구 볼.

2구도 볼.

3구 역시 볼.

순식간에 볼 카운트가 노 스트라이크 쓰리 볼로 몰렸다.

"뭐예요, 모리나. 날 볼넷으로 내보낼 생각이에요?"

"설마, 그럴라고."

야디에르 모리나가 코웃음을 쳤다. 하지만 그도 답답하기는 마찬가지였다. 요구하는 대로 공이 들어와야 하는데 자꾸만 하나둘 정도 빠졌다.

'벌써 힘이 떨어졌나?'

잠시 고심하던 야디에르 모리나가 극약 처방을 내렸다.

한복판 포심 패스트볼.

사인을 확인한 알렉스 레이야스가 미간을 찌푸렸다. 하지만 다른 방도가 없기에 군말 없이 공을 내던졌다.

퍼엉!

한복판으로 들어오는 공을 비스트 포지는 일단 지켜보았다. 칠 수도 있었지만 조금 더 승부를 끌고 가는 게 알렉스 레이야스를 힘들게 만들 수 있다고 판단했다.

'역시 만만치 않아.'

야디에르 모라니는 살짝 미간을 찌푸린 뒤 조심스럽게 사인을 냈다. 그리고 몸 쪽으로 미트를 붙여 넣었다.

"후우……."

길게 숨을 고르던 알렉스 레이야스가 힘차게 투구판을 박찼다.

후앗!

알렉스 레이야스의 손끝을 빠져나간 공이 날카롭게 비스트 포지의 몸 쪽을 파고들었다. 경기 초반이었다면 구속과 무브먼트에 지레 놀라 엉덩이를 빼야 했겠지만 비스트 포지는 기다렸다는 듯이 방망이를 내돌렸다.

따악!

방망이 중심에 걸린 공이 3루 라인을 따라 빠르게 날아갔다.

"제길!"

깜짝 놀란 3루수 제드 지코가 몸을 던져 공을 잡으려 했다. 하지만 마지막 순간 라인을 살짝 벗어난 공은 그대로 파울이 되어버렸다.

"너무 빨랐나."

아쉬움을 삼키며 비스트 포지가 타석에 섰다.

볼카운트는 투 스트라이크 쓰리 볼.

알렉스 레이야스가 긴장된 얼굴로 투구판을 박차고 앞으로 달려 나왔다.

후앗!

알렉스 레이야스의 손끝을 빠져나간 공이 홈 플레이트 바깥쪽을 향해 날아들었다.

아슬아슬한 코스였지만 비스트 포지는 망설이지 않고 방망이를 내돌렸다. 이 상황에서 알렉스 레이야스가 유인구를 던질 리 없다고 확신했다.

그리고 그 예상은 정확하게 맞아 떨어졌다.

따악!

방망이에 걸린 공이 그대로 1루수 맷 카펜터스의 키를 훌쩍 넘기며 좌익수 앞에 떨어졌다.

"좋았어!"

비스트 포지가 1루에 안착한 후 더그아웃으로 주먹을 내밀었다.

"포지!"

조마조마한 얼굴로 경기를 지켜보던 강동원이 그 자리에서 벌떡 일어나 소리쳤다.

풀카운트 접전 끝에 주자를 내보내자 카디널스 벤치도 움직였다. 데이브 벨 벤치 코치가 불펜 상황을 점검하는 동안 데릭 릴리크 투수 코치가 마운드로 올라온 것이다.

"알렉스, 어때? 많이 힘들어?"

"아닙니다."

알렉스 레이야스는 약간 긴장된 표정으로 바로 말했다.

"너무 긴장하지 마. 가능하면 이번 이닝을 책임지게 할 테니까. 하지만 계속 안타가 나오면 어쩔 수 없어. 내 말, 무슨 소리인지 이해하지?"

"네."

"그래, 어쨌든 이번 이닝까지 잘 막아보라고."

데릭 릴리크 투수 코치가 알렉스 레이야스의 어깨를 두드린 뒤 마운드를 내려갔다. 그를 대신해 포수 야디에르 모리나가 말을 이었다.

"알렉스, 솔직히 말해봐. 악력이 떨어졌지?"

"심각한 정도는 아니에요."

"어쨌든 떨어졌단 소리잖아."

"……네."

"그럼 공을 빠르게 던지려고 하지 말고, 제구에 신경 써."

"그러다가 얻어맞으면요?"

"그건 어쩔 수 없어. 하지만 억지로 던지다간 정말로 큰 걸 얻어맞을지 모른다고. 이제 4번 타자를 상대해야 해. 그러니까 정신 똑바로 차리고 내 말대로 해."

"……알겠습니다."

알렉스 레이야스가 마지못해 고개를 주억거렸다. 제구에 신경 쓰라는 지시가 마음에 들진 않았지만 포수가 야디에르 모리나라면 어쩔 수 없이 따르는 수밖에 없었다.

'좋아, 알렉스. 초구는 여기로 던져.'

포수석으로 돌아간 야디에르 모리나가 홈 플레이트 바깥쪽으로 미트를 움직였다. 알렉스 레이야스는 군말 없이 그 미트를 향해 공을 던졌다.

후앗!

알렉스 레이야스의 손끝을 떠난 공이 바깥쪽으로 날아들자 4번 타자 헌터 페이스도 망설이지 않고 방망이를 내돌렸다.

하지만 포심 패스트볼이라고 여겼던 공이 마지막 순간에 휘어져 나가면서 헛스윙이 되고 말았다.

"쳇, 슬라이더였나."

헌터 페이스가 아쉬운 듯 입술을 깨물었다.

알렉스 레이야스는 2구째 몸 쪽 포심 패스트볼을 붙여 파울을 만들어냈다.

3구는 바깥쪽으로 떨어지는 체인지업.

하지만 헌터 페이스가 가까스로 방망이를 멈춰 세우며 볼 카운트는 투 스트라이크 원 볼이 됐다.

이어지는 4구째 승부에서 헌터 페이스는 바깥쪽 높게 날아든 커브에 헛스윙을 하고 말았다. 포심 패스트볼을 노리고 있는데 커브가 날아들었으니 제대로 대응을 하지 못한 것이다.

"후우……."

간신히 두 번째 아웃 카운트를 잡아낸 알렉스 레이야스가 숨을 골랐다.

그사이 타석에 5번 타자 브래드 벨트가 들어왔다.

"최대한 빨리 잡아내자."

어쩌면 오늘 경기 마지막일지 모를 아웃카운트가 찾아오자 알렉스 레이야스는 조바심을 냈다. 브래드 벨트를 깔끔하게 삼진으로 잡고 오늘 경기를 마치고 싶은 욕심이 든 것이다.

욕심이 생기니 어깨에 힘이 들어갔다. 어깨에 힘이 들어가면서 제구가 흔들렸고 결과적으로 브래드 벨트를 사사구로 내보내고 말았다.

2사 주자 1, 2루.

안타 하나면 추가점을 내줄 상황으로 몰리자 카디널스 벤치가 더욱 바쁘게 움직였다.

"알렉스가 힘이 많이 떨어진 것 같습니다. 아무래도 교체하는 게 나을 것 같은데요."

데이브 벨 벤치 코치가 마이크 앤서니 감독에게 말했다.

하지만 마이크 앤서니 감독은 아직은 때가 아니라며 고개를 저었다.

"한 명만 더 보고."

"이러다 점수를 내줄 수도 있습니다."

"그래도 지금은 안 돼. 알렉스 레이야스를 위해서라도 어떻게든 이번 이닝까지는 막도록 기회를 줘야 해."

마이크 앤서니 감독의 단호한 말에 데이브 벨 코치가 고개를 흔들어 댔다.

분위기상 추가점을 내줄 가능성이 높았지만 마이크 앤서니 감독이 이번 이닝을 맡기겠다면 어쩔 수 없이 따르는 수밖에 없었다.

"제길!"

마이크 앤서니 감독과 데이브 벨 코치가 모여 있는 모습을 본 알렉스 레이야스는 입술 깨물었다. 이제 아웃 카운트 하나 남았을 뿐인데 그걸 기다려 주지 못하는 코칭스태프가 야속하기만 했다.

'다 필요 없어. 브래드 벨트를 잡고 이닝을 끝내자!'

알렉스 레이야스는 이를 악물고 초구를 내던졌다.

후앗!

알렉스 레이야스의 손끝을 빠져나간 공이 바깥쪽으로 날아들었다. 그런데 공이 살짝 몰려들었다.

"왔다!"

6번 타자 브래드 크로포트는 망설이지 않고 방망이를 내돌렸다.

따악!

방망이 중심부 쪽에 걸린 타구가 제법 멀리 뻗어 나갔다.

하지만 애석하게도 코스가 좋지 않았다. 너무 잘 맞은 나머지 중견수 정면으로 날아간 것이다.

중견수 랜달 그린척이 뒤로 몇 걸음 물러나며 가볍게 타구를 잡아냈다.

"크아아!"

어렵사리 세 번째 아웃 카운트를 잡으며 알렉스 레이야스가 크게 포효했다.

그렇게 자이언츠의 6회 초 공격이 끝이 났다.

마운드를 내려간 알렉스 레이야스는 더그아웃에 들어가자마자 데릭 릴리크 투수 코치와 뭔가 이야기를 나눴다. 그러고는 모자와 글러브를 놓고, 수건만 챙겨서 더그아웃 뒤쪽으로 빠져나갔다.

그 모습이 중계 카메라에 잡혔다.

아무래도 알렉스 레이야스는 여기까지인 것 같습니다.

-그런 것 같네요. 어쨌든 알렉스 레이야스, 6회까지 1실점으로 자이언츠 타선을 잘 막아냈습니다.

-네, 비록 알렉스 레이야스가 먼저 마운드를 내려가긴 했지만 아직 6회가 끝난 건 아니니까요. 강동원도 이번 회가

마지막 이닝이 될 가능성이 높습니다.

　─혹시라도 이번 이닝을 무실점으로 막아낸다면 또 모르죠. 하하하.

　중계 카메라가 방향을 돌려 다시 마운드를 비추었다. 알렉스 레이야스가 내려간 마운드 위에는 강동원과 비스트 포지가 통역을 끼고 뭔가 중요한 이야기를 나누고 있었다.

　"강, 이제부턴 정신 바짝 차려야 돼. 실투 던지면 큰일 난다고."

　"네. 잘 알고 있어요, 포지."

　"알렉스 레이야스는 어쨌든 6이닝을 채웠어. 그렇다면 너도 최소한 6회까지는 버텨야지. 안 그래?"

　"물론이죠."

　"그래, 좋아. 그럼 녀석들을 요리해 볼까?"

　"그러죠. 갑시다!"

　"좋았어!"

　비스트 포지는 강동원을 다독거린 뒤 서둘러 마운드를 내려갔다. 그사이 강동원은 마운드를 고르기 위해 발을 움직였다.

　마운드 위에는 알렉스 레이야스의 흔적들이 고스란히 새겨져 있었다. 앞선 이닝보다 훨씬 깊게 새겨진 족적들이 눈에 고스란히 들어왔다.

"역시 메이저리거답군."

강동원은 자신도 모르게 고개를 주억거렸다. 얼마나 이를 악물고 던졌는지, 또 얼마나 승리를 위해 최선을 다했는지, 모든 게 이곳에 담겨 있었다.

하지만 강동원은 흔들리지 않았다. 팀의 승리를 위해 마운드에 서 있는 건 자신도 마찬가지였다.

"좋아, 강동원. 지지 말자."

서둘러 마운드를 고른 뒤 강동원이 가볍게 투구판을 밟았다. 그사이 타석에는 3번 타자 브레이드 모스가 등장했다.

'선두 타자야. 어떻게든 잡아내야 해.'

강동원은 이를 단단히 깨물었다. 비스트 포지도 이번 이닝을 완벽하게 틀어막기 위해 신중하게 사인을 냈다.

'자, 우선 초구는 바깥쪽으로.'

비스트 포지가 바깥쪽으로 미트를 움직였다. 강동원은 고개를 끄덕인 후 비스트 포지의 미트를 향해 힘차게 공을 던졌다.

퍼엉!

낮게 깔려 날아간 공이 비스트 포지의 미트에 정확하게 박혔다.

하지만 공이 살짝 낮았다. 비스트 포지가 곧바로 프레이밍을 시도했지만 구심은 꿈쩍도 하지 않았다.

"괜찮아. 좋은 공이었어!"

비스트 포지가 강동원에게 공을 돌려주며 소리쳤다. 강동원도 로진 가루를 길게 불어내며 아쉬움을 털어냈다.

비스트 포지는 곧바로 사인을 냈다. 2구는 바깥쪽으로 떨어지는 체인지업이었다. 이 공에 브레이드 모스가 속아 넘어가지 않는다면 볼카운트가 어려워질 수 있었다.

하지만 강동원은 단단히 고개를 끄덕였다. 그리고 체인지업 그립을 말아 쥐고는 비스트 포지의 미트를 향해 힘껏 공을 던졌다.

후앗!

강동원의 손끝을 빠져나간 공이 홈 플레이트 바깥쪽으로 날아들었다.

'이번에는 스트라이크겠지.'

브레이드 모스는 초구와 같이 똑같은 공이 날아오자 그대로 방망이를 돌렸다. 하지만 마지막 순간에 뚝 하고 떨어진 공은 브레이드 모스의 요란한 스윙을 피해 그대로 비스트 포지의 미트 속에 파묻혔다.

"크으으."

브레이드 모스가 질근 입술을 깨물었다. 딱 치기 좋은 공이 들어왔다고 생각했는데 알고 보니 전혀 다른 구종이 들어온 것이었다.

'날 상대로 2구 연속 유인구를 던졌다 이거지?'

브레이드 모스가 방망이를 단단히 움켜들었다.

그 순간.

후앗!

강동원의 손끝에서 새하얀 공이 날아들었다.

비스트 포지의 요구는 바깥으로 빠지는 유인구 슬라이더였다. 하지만 애석하게도 브레이드 모스는 속지 않았다.

'이 정도에 속을까 보냐.'

포구를 확인하기가 무섭게 브레이드 모스는 타석에서 벗어났다. 그리고 장갑을 고치며 머리를 굴렸다.

'원 스트라이크 투 볼이야. 그렇다면 포심은 아닐 테고. 변화구일 가능성이 높아.'

원 스트라이크 투 볼은 타자가 노릴 수 있는 카운트였다. 당연히 투수들은 몸을 사릴 수밖에 없었다.

'지금까지 던진 것으로 봐서는 커브일 가능성이 높겠지.'

브레이드 모스는 노림수를 가지고 타석에 들어섰다. 그리고 예상했던 대로 몸 쪽으로 높은 공이 날아 들어왔다.

'좋았어, 커브다!'

브레이드 모스가 기다렸다는 몸을 움직였다. 그리고 커브의 낙폭을 감안해 방망이를 힘껏 내돌렸다.

그런데.

퍼엉!

생각보다 훨씬 빠르게 홈 플레이트 위를 스쳐 지난 공이 그대로 비스트 포지의 미트 속에 파묻혔다.

"뭐, 뭐야? 포심이었어?"

브레이드 모스가 어처구니없다는 표정을 지었다. 4번 타자인 자신을 상대로 불리한 볼카운트에서 하이 패스트볼로 승부를 걸다니. 대담한 건지 정신이 나간 건지 분간이 되지 않았다.

'이대로는 안 돼. 내가 말리겠어.'

브레이드 모스는 전광판을 바라봤다.

스트라이크 램프에는 두 개의 불이 들어와 가득 차 있었다.

반면 볼 램프는 아직 세 번째 램프가 꺼진 상태였다.

'흔들어 보자.'

사인을 교환한 강동원이 투구 동작에 들어가려 하자 브레이드 모스가 타임을 걸고 타석에서 벗어났다. 그러자 구심도 양팔을 벌렸다. 막 공을 던지려던 강동원도 움찔 놀라며 투구를 멈췄다.

"이게 왜 벗겨진 거야?"

브레이드 모스는 타석에서 벗어나며 장갑을 고쳐 잡았다. 그러면서 강동원과 비스트 포지의 얼굴을 살폈다.

노련한 포수답게 비스트 포지는 별다른 표정 변화가 없었다.

하지만 강동원은 보란 듯이 불쾌감을 드러냈다.

"젠장, 뭐 하자는 거야!"

브레이드 모스의 속내를 모르지는 않지만 강동원은 짜증이 났다. 투구 동작 중에 갑자기 타임을 걸었으니 그 어떤 투수도 기분 좋게 넘기기 어려운 상황이었다.

그러자 비스트 포지가 진정하라는 사인을 보냈다.

"후우……."

강동원은 애써 숨을 골랐다. 그리고 눈을 크게 뜨고 비스트 포지의 사인을 기다렸다.

비스트 포지가 빠르게 손가락을 움직였다.

브레이드 모스의 더티 플레이에 짜증이 난 것일까.

이번에는 몸 쪽 꽉 찬 포심 패스트볼을 요구했다.

고개를 끄덕인 강동원이 왼발을 높이 차올렸다. 그리고 비스트 포지의 미트를 향해 힘껏 공을 던졌다.

후앗!

강동원의 손끝을 빠져나간 공이 곧장 브레이드 모스의 몸 쪽을 향해 날아갔다. 그러자 브레이드 모스도 지지 않겠다며 방망이를 내돌렸다.

따악!

공과 방망이가 만나자 둔탁한 소리가 났다. 뒤이어 타구가 위쪽으로 크게 치솟았다.

"포지!"

타구를 확인한 강동원이 비스트 포지의 머리 위를 가리키며 소리쳤다.

"오케이!"

비스트 포지가 곧바로 포수 마스크를 벗어 던지고 공을 쫓았다. 하지만 마지막 순간에 바람을 탄 공은 그대로 백네트에 걸린 뒤 바닥으로 굴러 떨어졌다.

"젠장, 조금만 짧았어도 잡을 수 있었는데."

비스트 포지가 아쉬운 마음으로 포수석에 돌아갔다. 반면 브레이드 모스는 안도하듯 가슴을 쓸어내렸다.

하지만 그렇다고 해서 상황이 크게 달라진 건 아니었다.

볼 카운트는 여전히 투 스트라이크 투 볼.

분위기상 브레이드 모스가 몰려 있는 상태였다.

'커브일까? 아니면…… 바깥쪽 유인구?'

브레이드 모스의 머릿속이 복잡해졌다. 그런 브레이드 모스를 향해 강동원이 있는 힘껏 공을 내던졌다.

후앗!

강동원의 손을 빠져나간 공이 큰 포물선을 그리며 바깥쪽으로 날아들었다.

'커브다!'

브레이드 모스는 이를 악물고 방망이를 내돌렸다. 커브 보다는 다른 변화구 쪽에 타이밍을 맞추긴 했지만 볼카운트가 몰려 있는 이상 어떻게든 걷어내야만 했다.

하지만 공은 일찍이 홈 플레이트 앞에서 떨어지며 브레이드 모스의 방망이를 완전히 피해 버렸다.

파박!

크게 바운드가 된 공을 비스트 포지가 양쪽 무릎을 꿇으며 곧바로 포구를 하였다. 그러고는 곧장 브레이드 모스의 엉덩이에 미트를 가져다 댔다.

"젠장!"

볼에 헛스윙을 하고 만 브레이드 모스가 욕지거리를 내뱉으며 더그아웃으로 몸을 돌렸다.

그렇게 강동원은 선두 타자 브레이드 모스를 6구 승부 만에 삼진으로 돌려세웠다.

─멋진 투구였습니다. 강! 선두 타자를 삼진으로 잡아냅니다!

─정말이지 저 커브는 너무나도 환상적이네요. 정말 몇 번을 봐도 질리지가 않습니다.

─확실히 대단한 커브라는 점에 대해서는 부정하기 어려

울 것 같습니다. 그것보다 지금 강의 삼진이 몇 개째인 줄 아십니까?

　－몇 개인가요? 느낌상 10개는 넘긴 것 같은데.

　－하하. 그 정도는 아니고 이번이 정확하게 7번째 탈삼진이었습니다.

　－아! 강동원 선수 현재 7개 정도 잡아낸 거 같습니다.

　－이닝당 거의 1개 이상의 삼진을 잡아내고 있는데요. 강! 탈삼진 능력도 수준급입니다.

　강동원의 역투에 해설진은 호들갑을 떨었다.

　반면 마음 편히 경기장을 찾아 왔던 카디널스 팬들의 얼굴에는 당혹감이 흐르고 있었다.

　이제 막 마이너리그에서 올라온 루키가, 그것도 동양인이 자신보다 덩치가 큰 메이저리그 타자들을 농락하고 있다는 사실이 믿기지 않은 모양이었다.

　"젠장할!"

　브레이드 모스는 더그아웃에 들어가서도 분을 삼키지 못했다. 이번 타석만큼은 강동원의 타구를 담장 밖으로 넘겨 버릴 생각이었는데 정작 삼진을 당하고 말았으니 치미는 굴욕감을 참을 길이 없었다.

　그사이 4번 타자 스티브 피스코티가 타석에 들어섰다.

'조심해야 해, 강!'

비스트 포지가 긴장 어린 얼굴로 미트를 두드렸다.

'걱정 마요, 포지.'

강동원도 단단히 고개를 끄덕였다.

비스트 포지가 스티브 피스코티를 힐끔거린 뒤 조심스럽게 사인을 보냈다.

초구는 바깥쪽 높은 커브.

스티브 피스코티가 빠른 공을 노리고 있을 거라 판단한 것이다.

"좋아."

사인을 확인한 강동원이 고개를 끄덕였다. 그리고 비스트 포지의 미트를 향해 힘껏 공을 내던졌다.

후앗!

강동원의 손끝을 빠져나간 공이 마치 포심 패스트볼처럼 빠르게 바깥쪽으로 날아갔다.

스티브 피스코티는 망설이지 않고 방망이를 내돌렸다. 하지만 마지막 순간에 공이 뚝 하고 떨어져 내리자 그 변화에 대응하지 못하고 그대로 허공을 가르고 말았다.

"초구부터 커브라니. 너무한 거 아냐?"

스티브 피스코티가 헛웃음을 흘렸다. 그러고는 방망이를 더욱 단단히 움켜쥐었다.

'초구에 커브가 들어왔으니까 2구는 분명 빠른 공이겠지.'

순간 강동원의 손끝을 빠져나간 공이 홈 플레이트 바깥쪽으로 날아들었다. 스티브 피스코티가 움찔 놀라며 돌아나가려는 방망이를 멈춰 세웠다. 느낌상 유인구가 들어왔다고 여긴 것이다.

스티브 피스코티의 예상대로 스트라이크존을 살짝 벗어난 공은 마지막 순간에 잠기듯 비스트 포지의 미트에 파묻혔다.

체인지업.

'큰일 날 뻔했군.'

스티브 피스코티가 속으로 안도의 한숨을 내쉬었다.

강동원-비스트 포지 배터리는 3구째 바깥쪽을 파고드는 포심 패스트볼을 던졌다.

따악!

어느 정도 바깥쪽 공을 예상한 스티브 피스코티가 재빨리 밀어 쳤지만 타구는 그대로 1루 관중석 쪽으로 넘어가고 말았다.

볼카운트 투 스트라이크 원 볼.

'이제 결정구로 커브가 날아들 차례인가.'

스티브 피스코티가 자연스럽게 커브를 떠올렸다.

불리한 볼카운트였지만 스티브 피스코티는 위축되지 않았다. 대기 타석에서 강동원의 커브를 유심히 살펴본 바 정신만 바짝 차리면 얼마든지 대처가 가능하다고 판단했다.

'자, 와라!'

스티브 피스코티가 눈을 부릅떴다. 그 순간 강동원이 힘차게 투구판을 박차고 앞으로 달려 나왔다.

후앗!

강동원의 손끝을 빠져나간 공이 곧장 몸 쪽으로 날아들었다.

'파워 커브다!'

스티브 피스코티는 망설이지 않고 허리를 내돌렸다.

그런데.

'어? 공이······.'

홈 플레이트 앞에서 뚝 떨어져야 할 공이 그대로 힘이 실린 채로 스티브 피스코티의 가슴 앞을 스쳐 지나가 버렸다. 그러고는.

퍼엉!

비스트 포지의 미트를 무겁게 흔들어 놓았다.

'포, 포심 패스트볼?'

깜짝 놀란 스티브 피스코티가 고개를 돌려 전광판을 바라봤다.

놀랍게도 전광판 구속 란에는 98mile/h(≒157.7㎞/h)이라는 숫자가 새겨져 있었다.

"스트라이크 아웃!"

한발 늦은 구심의 콜 소리가 경기장을 쩌렁하게 울렸다.

'완전히 당했군.'

더그아웃으로 돌아가며 스티브 피스코티가 고개를 절레절레 흔들어 댔다. 커브를 노리고 있었는데 포심 패스트볼을 붙여 넣다니. 그야말로 완벽하게 허를 찔리고 말았다.

덩달아 경기장을 가득 메운 관중들도 침묵에 빠졌다. 3번 타자 브레이드 모스에 이어 4번 타자 스티브 피스코티까지 삼진으로 물러났으니 꼭 뭐에 홀린 것 같은 기분이 든 것이다.

반면 자이언츠 벤치에서는 연신 탄성이 터져 나왔다.

"와우! 봤어? 봤냐고?"

다소 호들갑스럽기까지 한목소리의 주인공은 바로 브루스 보체 감독이었다.

여차 하면 바꿀 생각으로 마운드에 올린 강동원이 중심 타자를 연속 삼진으로 돌려세우고 있으니 잔뜩 신이 난 모습이었다.

브루스 보체 감독의 옆에 서 있던 론 워스트 벤치 코치도 놀라기는 마찬가지였다.

"정말 대단한 배짱이네요."

"배짱이라. 이봐, 론. 자네라면 배짱만으로 저렇게 던질 수 있겠나?"

브루스 보체 감독이 힐끔 론 워스트를 바라보았다. 그러자 론 워스트 코치가 미소를 지으며 고개를 가로저었다.

"아뇨, 전 못 했을 것입니다. 아마 도망쳤겠죠."

"그래, 그게 정상이라고. 만약 내가 마운드 위에 섰는데 포수가 저딴 식으로 리드를 하면 욕부터 나왔을 걸? 무슨 생각이냐고 말이야."

"그런 점에서 확실히 강은 비스트 포지와 궁합이 잘 맞는 것 같습니다."

"그런데 데이브, 아까 했던 말이 뭐였지? 강이 한계에 다다른 거 같으니 투수를 바꾸자고 했던가?"

브루스 보체 감독이 짓궂은 눈으로 데이브 라이트 투수 코치를 바라봤다. 그러자 뒤에 있던 데이브 라이트 투수 코치가 당황한 듯 얼굴을 붉혔다.

강동원이 4번 타자 스티브 피스코티를 상대하기 전 데이브 라이트 투수 코치는 강동원을 내려야 한다고 강하게 주장했다.

론 워스트 벤치 코치도 강동원을 무리시킬 필요가 없다며 데이브 라이트 코치의 말에 동조했다.

하지만 브루스 보체 감독은 고개를 저었다. 6구 승부를 펼치긴 했지만 어쨌든 강동원은 브레이드 모스를 삼진으로 잡았다. 그렇다면 한 타자 더 상대할 수 있는 기회를 주는 게

옳다고 여겼다.

덕분에 강동원은 4번 타자 스티브 피스코티까지 삼진으로 돌려세우며 자신의 선발 데뷔전을 성공적으로 마무리 짓고 있었다.

"어때, 데이브. 아까 했던 말, 아직도 유효한 거야?"

"아, 아닙니다. 감독."

"말해봐. 데이브가 원하면 지금 당장에라도 바꿀 테니까."

"아닙니다. 이번 이닝까지는 강에게 맡기는 게 나을 것 같습니다."

"그래. 그게 좋겠지?"

브루스 보체 감독이 씩 웃었다. 그러더니 론 워스트 코치를 바라보며 혼잣말처럼 중얼거렸다.

"후후. 기왕 이렇게 된 거 강을 7회까지 맡겨보고 싶은걸?"

"가, 감독님. 7회는 무리입니다."

"어째서? 저렇게 잘 던지고 있는데?"

"투구 수도 생각해야 합니다. 게다가 첫 선발 등판인데 너무 길게 끌고 가는 것도 좋을 것 같지 않습니다."

"흠……."

"게다가 원래는 5회까지 생각하지 않으셨습니까? 지금이 벌써 6회쨉니다."

"그 이야기는 또 왜 꺼내는 거야?"

"투수 운용은 원칙대로 하셔야죠. 강은 이미 과한 기회를 받고 있습니다. 불펜에서 대기 중인 다른 투수들의 입장도 고려해야 합니다."

"쳇, 솔직히 강이 이렇게 잘 던질 줄 알았나."

브루스 보체 감독이 아쉽다는 표정을 지었다. 강동원이 예상보다 좋은 투구를 선보일 거라고 감안하고 짠 투수 교체 시점이 6회 초였다.

그런데 정작 강동원은 6회 카디널스의 중심 타자를 연속 삼진으로 잡아내며 무력시위를 하고 있었다.

이런 상황에서 강동원을 내리고 불펜 투수를 투입한다는 게 말처럼 쉬운 일은 아니었다.

불펜 투수들에게 미안한 이야기지만 마음 같아선 강동원의 한계가 어디까지인지 두 눈으로 확인해 보고 싶었다.

하지만 브루스 보체 감독을 제외한 나머지 코치들은 한목소리로 강동원을 6회까지만 던지도록 해야 한다고 말하고 있었다.

"하아, 어쩔 수 없지."

브루스 보체 감독이 마지못해 고집을 꺾었다. 그사이 타석에 5번 타자 야디에르 모리나가 들어왔다.

24장
첫 승

1

"기필코 살아 나가야 해."

타석에 들어선 야디에르 모리나가 단단히 방망이를 움켜 쥐었다.

1 대 0으로 뒤진 가운데 선발 투수 알렉스 레이야스가 먼저 마운드를 내려갔다. 물론 아직 6회가 끝나지 않았다곤 하지 만 경기 분위기는 자이언츠 쪽으로 살짝 넘어간 상황이었다.

팀의 고참이자 중심 타자로서 야디에르 모리나는 어떻게 든 이 분위기를 끊고 싶었다.

반면 강동원과 비스트 포지는 야디에르 모리나를 마지막 희

생양으로 삼아 이번 이닝을 깔끔하게 마무리 지을 생각이었다.

'강! 힘껏 던져!'

비스트 포지는 초구에 몸 쪽 포심 패스트볼을 요구했다.

정확하게는 스트라이크와 볼의 경계선상에 있는 공을 던져 주길 원했다. 까다로운 타자 야디에르 모리나의 방망이를 끌어내려면 그만큼 까다로운 제구가 필요했다.

'알았어요, 포지.'

사인을 확인한 강동원이 단단히 고개를 끄덕였다. 그리고 비스트 포지의 미트를 향해 힘차게 공을 내던졌다.

하지만.

퍼엉!

코너웍을 지나치게 의식한 탓에 공이 하나 정도 스트라이크존을 벗어나고 말았다.

"좋아! 나이스 볼!"

비스트 포지는 마치 볼을 요구하기라도 했던 것처럼 강동원을 독려했다.

하지만 노련한 야디에르 모리나는 그런 비스트 포지의 연기에 속아 넘어가지 않았다.

'보나마나 공이 빠졌겠지.'

야디에르 모리나가 여유를 부리듯 웃었다. 그러자 비스트 포지가 곧바로 승부수를 꺼내들었다.

'포심 패스트볼의 정교함이 떨어졌어. 그렇다면 커브로 승부를 보는 수밖에 없어.'

비스트 포지는 곧바로 커브 사인을 냈다. 코스는 바깥쪽. 노리지 않고서는 쉽게 때려내기 어려운 공이었다.

'좋아.'

초구 볼 판정에 살짝 흔들렸던 강동원도 이내 단단히 고개를 끄덕였다. 그러고는 비스트 포지의 미트를 향해 힘껏 공을 내던졌다.

후앗!

강동원의 손끝을 빠져나간 공이 높게 날아들더니 폭포수처럼 홈 플레이트를 향해 뚝 하고 떨어져 내렸다.

"어딜!"

야디에르 모리나가 이를 악물며 방망이를 내돌렸다. 어떻게든 치고 말겠다며 공을 끝까지 노려보았다.

하지만 애석하게도 야디에르 모리나가 생각했던 것보다 공의 무브먼트는 훨씬 좋았다. 덕분에 야디에르 모리나의 방망이는 애꿏은 허공만 가르고 말았다.

"젠장!"

야디에르 모리나가 욕지거리를 내뱉었다. 분명 잡을 수 있다고 여겼는데 마지막 순간에 생각보다 더 앞쪽에서 떨어져 버렸다.

"침착하자, 침착해."

타석에서 벗어난 야디에르 모리나가 방망이를 사타구니에 잠시 걸어두고 마음을 다잡았다.

원 스트라이크 원 볼이다.

이제 맘껏 방망이를 휘두를 수 있는 기회는 한 번밖에 남아 있지 않았다.

"좋아."

그렇게 한참 동안 숨을 고른 뒤 야디에르 모리나가 다시 타석으로 들어왔다. 그런 야디에르 모리나를 힐끔 바라본 비스트 포지는 또다시 커브를 요구했다.

코스는 이번에도 바깥쪽.

다만 일반 커브가 아닌 파워 커브를 요구했다.

'포지가 모리나한테 쌓인 게 많은 것 같은데?'

사인을 확인한 강동원이 씩 웃었다. 타석에서 끈질기기로 유명한 야디에르 모리나를 상대로 연속 커브 승부는 이성적으로 나오기 힘든 볼 배합이었다.

강동원은 커브 그립을 단단히 움켜쥐었다. 그리고 비스트 포지의 미트를 향해 힘껏 공을 던졌다.

후앗!

강동원의 손끝을 빠져나간 공이 포심 패스트볼처럼 날아들었다. 그러자 야디에르 모리나도 빠른 공이라 여기고 반사적으로 방망이를 움직였다.

하지만 마지막 순간에 뚝 하고 떨어져 내린 공은 야디에르 모리나의 스윙을 가볍게 피해 비스트 포지의 미트 속에 파묻혔다.

"젠장! 젠장할!"

야디에르 모리나가 욕지거리를 내뱉으며 타석을 박차고 나갔다. 그러자 구심이 적당히 하라며 경고했다.

"모리나, 계속 소란 피우면 퇴장이야."

"이게 무슨 소란이에요?"

"경기장에 어린아이가 얼마나 많이 왔는지 이야기해 줄까? 저 애들이 커서 타석에서 방망이를 집어 던져도 된다고 말하면 어떨 거 같아?"

"크윽!"

"그러니까 진정하라고. 그런 식으로 흥분해서는 칠 공도 못 칠 거야."

"후우……."

야디에르 모리나도 애써 숨을 골랐다. 얄밉긴 해도 구심의 말이 틀린 건 하나 없었다.

이제 막 메이저리그에 올라온 신인도 아니고 은퇴를 바라보는 베테랑이 공 하나하나에 흥분하는 모습을 보이는 건 그야말로 꼴사나운 짓이었다.

'침착하자.'

야디에르 모리나가 다시 방망이를 들어 올렸다.

볼카운트는 투 스트라이크 원 볼.

이제부터는 좋은 공이 들어올 때까지 철저하게 버텨야 했다.

야디에르 모리나가 굳은 얼굴로 강동원을 바라봤다. 그 모습이 중계 카메라를 통해 정확하게 포착됐다.

—자이언츠 강동원! 야디에르 모리나를 궁지에 몰아넣었습니다.

—초구 포심 패스트볼은 빠졌다는 판정이었는데요. 2구와 3구 연속으로 커브를 집어넣어 투 스트라이크를 만들어냈습니다.

—포심 패스트볼이 말을 듣지 않는다면 강동원이 믿을 수 있는 건 커브뿐인데요. 결정구가 커브밖에 없는 상황에서 연달아 커브를 던지는 저 배짱은 도대체 어디서 나오는 것일까요?

—글쎄요. 저도 그것이 궁금합니다.

—이제 4구째 승부를 앞두고 있는데 이번에는 어떤 공을 던질까요?

—아무래도 커브를 두 개 보여줬으니 투심 패스트볼이나 체인지업을 던지지 않을까 싶습니다.

—하지만 자이언츠의 포수 마스크를 비스트 포지가 쓰고 있다는 게 변수인데요.

—하하. 저 역시 비스트 포지의 사인이 궁금해집니다.

중계진의 말을 들은 듯 카메라가 다시 마운드를 비추었다. 때마침 비스트 포지가 가랑이 속에서 신중하게 손가락을 움직이고 있었다.

사인을 확인한 강동원은 살짝 눈을 치떴다.

놀랍게도 4구째 사인 역시 커브가 나온 것이다.

한 가지 다른 건 스트라이크가 아니라 홈 플레이트 앞쪽에서 원 바운드가 되는 볼을 던지라는 것이었다. 3연속 커브를 본 야디에르 모리나가 흥분해서 방망이를 휘돌릴 수 있는 그런 유인구를 요구한 것이다.

"후우……."

길게 숨을 고르며 강동원이 천천히 고개를 끄덕였다. 그리고 비스트 포지의 미트를 향해 힘껏 공을 던졌다.

하지만 의욕이 앞섰을까.

생각보다 공이 일찍 떨어지면서 야디에르 모리나가 속아 넘어가지 않았다.

"후우……."

홈 플레이트 앞까지 다다랐던 방망이를 뒤로 빼내며 야디에르 모리나가 안도의 한숨을 내쉬었다. 그러자 비스트 포지가 1루심을 향해 손을 뻗었다. 느낌상 야디에르 모리나의 방망이 헤드가 돌았다고 생각한 것이다. 하지만 1루심은 가볍게 양팔을 들어 보였다. 구심에게 항의했지만 마찬가지였다.

'젠장, 이 타이밍에 홈 어드밴티지라니.'

비스트 포지가 애써 짜증을 삼키며 강동원에게 공을 돌려주었다. 그러고는 뭔가를 결심하듯 손가락을 빠르게 움직였다.

'포, 포지!'

5구째 사인을 확인한 강동원이 눈을 치떴다.

이번에도 구종은 커브였다.

정확하게는 3구째 야디에르 모리나를 헛스윙하게 만든 파워 커브였다.

코스는 몸 쪽 높게.

하이 패스트볼처럼 속여 야디에르 모리나의 방망이를 끌어내겠다는 계산이었다.

"후우……."

강동원은 길게 한숨을 내쉬었다. 하지만 그것도 잠시. 비스트 포지가 미트를 들어 올리자 군말 하지 않고 투구판을 박차고 앞으로 나갔다.

후앗!

강동원의 손끝을 빠져나온 공이 곧장 야디에르 모리나의 몸 쪽으로 날아들었다.

'왔다!'

야디에르 모리나가 눈을 번쩍 떴다. 이번에는 포심 패스트볼이 들어왔다고 확신한 것이다.

그러나 공과 방망이가 한 점에서 만나려던 순간.

"……!"

갑자기 공이 뚝 떨어져 버렸다.

후웅!

목표를 상실한 방망이가 시원하게 허공을 갈랐다.

퍼엉!

뒤이어 묵직한 포구 소리가 야디에르 알베스의 귓가에 울렸다.

"스트라이크, 아웃!"

비스트 포지의 글러브 안을 확인한 구심이 요란스럽게 오른팔을 휘둘렀다.

"좋았어!"

강동원은 마운드 위에서 포효했다.

-강! 정말 대단합니다!

-카디널스의 중심 타선을 전부 삼진으로 돌려세웁니다!

중계석에서도 탄성이 터져 나왔다.

강동원은 당당히 마운드를 걸어 내려왔다. 그리고 더그아웃 앞쪽에서 비스트 포지와 만났다.

"잘했어, 강!"

비스트 포지가 먼저 손을 들었다.

"최고였어요, 포지!"

강동원이 환하게 웃으며 손바닥을 맞부딪쳤다.

더그아웃으로 돌아온 강동원은 벤치에 앉아 이온 음료를 벌컥벌컥 들이켰다. 제 역할을 끝냈다고 생각하니 갑자기 갈증이 밀려들었다.

그때 브루스 보체 감독과 론 워스트 벤치 코치가 강동원에게 다가왔다. 뒤이어 통역이 냉큼 세 사람 사이에 끼어들었다.

"강! 어때? 버틸 만해?"

브루스 보체 감독이 가장 먼저 물었다. 그러자 강동원이 곧바로 답했다.

"괜찮습니다. 아직 더 던질 수 있습니다."

강동원이 당당한 목소리로 말했다. 솔직히 허락만 해준다면 7회에도 마운드에 올라가 공을 던지고 싶었다.

"하하. 역시 젊군 그래."

브루스 보체 감독이 만족스러운 얼굴로 웃었다. 그 역시도 마음 같아선 강동원에게 7회를 맡기고 싶었다.

그러나 제아무리 감독이라 하더라도 코치들의 합리적인 의견을 묵살할 수는 없는 법이었다.

브루스 보체 감독이 론 워스트 코치에게 시선을 돌렸다. 그러자 론 워스트 코치가 강동원을 달래듯 말했다.

"강, 오늘 정말 잘 던졌어. 그래도 투구 수가 적지 않은 상황이니까 오늘은 여기까지 던지는 게 좋을 것 같아."

론 워스트 코치가 투구 수를 이야기하자 강동원은 고개를 갸웃거렸다. 솔직히 고등학교 시절에도 100구 정도는 우습게 던져 왔다. 이제 80구를 넘긴 투구 수를 많다고 판단하는 론 워스트 코치의 의견에는 별로 동의하고 싶지 않았다.

하지만 이제 막 메이저리그에 올라온 강동원을 걱정하는 론 워스트 코치의 입장은 단호했다. 강동원을 한두 해, 바짝 써먹고 버릴 게 아니라면 강동원이 제대로 성장할 수 있도록 투구 수 관리를 꼼꼼하게 해줄 필요가 있었다.

"감독님, 이쯤에서 결정을 내리시죠. 솔직히 강을 5회까지 맡길 생각이었는데 6회까지 끌고 왔습니다. 이 정도만 해도 정말 장한 일입니다."

"으음……."

잠시 고심하던 브루스 보체 감독이 이내 고개를 끄덕였다. 론 워스트 코치의 말대로 강동원은 충분히 잘 던졌다. 이 이상의 호투를 기대하고 7회를 맡기는 건 위험부담이 컸다.

"알겠네. 그럼 그렇게 하게."

브루스 보체 감독이 이내 고개를 끄덕였다. 그리고 인자한 미소로 강동원의 어깨를 두드렸다.

"강! 오늘 정말 수고 많았어."

론 워스트 코치도 미소를 지으며 강동원에게 엄지를 들어

올려 보였다. 그를 대신해 데이브 라이트 투수 코치가 다가와 말했다.

"강, 고생 많았어. 오늘 경기는 여기까지니까 가서 어깨를 식혀."

"네, 코치님."

"그리고 오늘 최고였어."

"감사합니다."

"격려 차원에서 하는 말이 아니야. 앞으로 이렇게만 던져준다면 자이언츠의 선발 투수가 될 수 있을 거야."

"알겠습니다. 대신 다음엔 더 많이 던지게 해주십시오."

"하하. 알았어. 감독님께 말씀드려 보지."

데이브 라이트 투수 코치의 대답을 들은 뒤 강동원은 한결 홀가분한 마음으로 더그아웃을 빠져나갔다. 그런 강동원을 향해 동료들이 박수와 함께 수고했다고 격려를 해주었다.

비스트 포지도 악수를 청하며 잘했다고 칭찬을 해주었다. 에이스 메디슨 범가드너도 강동원의 엉덩이를 툭 치고는 음침한 미소를 날려주었다.

⚾

알렉스 레이야스와 강동원이 나란히 6회에 강판되면서 7

회부터는 양 팀의 불펜 싸움이 전개되었다.

먼저 불펜 투수가 올라온 쪽은 카디널스였다.

케빈 시그리트.

1점 차인 상황을 만회하기 위해 승부수를 띄운 것이다.

선두 타자로 7번 타자 에두아르 누네스가 타석에 들어섰다. 에두아르 누네스는 자신만만한 얼굴로 케빈 시그리트를 상대했지만 2구 만에 2루수 땅볼로 물러나고 말았다.

8번 타자 조 패인은 케빈 시그리트의 3구를 건드려 좌익수 플라이로 아웃됐다. 교체된 강동원을 대신해 올라온 대타 제라드 파커는 지나치게 공격적으로 방망이를 휘두르다 4구 만에 헛스윙 삼진으로 죽고 말았다.

케빈 시그리트는 자이언츠의 하위 타선을 깔끔하게 마무리 짓고 7회를 마쳤다. 그러자 자이언츠도 지지 않고 우완 불펜 투수 코리 기어를 내세웠다.

코리 기어는 6번 타자 제드 지코를 3구 삼진으로 잡아내며 첫 번째 아웃 카운트를 잡아냈다.

뒤이어 7번 타자 랜달 그린척을 4구 만에 헛스윙 삼진으로 유도하며 불펜 싸움에 불을 붙였다.

8번 타자 콜든 윙은 유격수 땅볼로 아웃.

케빈 시그리트와 마찬가지로 세 타자를 깔끔하게 잡아낸 뒤 코리 기어도 유유히 마운드를 내려왔다.

8회 초, 카디널스는 케빈 시그리트를 다시 한번 마운드에 올렸다.

케빈 시그리트는 1번 타자 다나드 스팬을 5구까지 가는 접전 끝에 투수 앞 땅볼로 유도했다.

2번 타자 아르헨 파건을 상대로 몸 쪽 승부를 벌이다 안타를 허용하긴 했지만 하지만 3번 타자 비스트 포지를 유격수 플라이로 유도한 뒤 4번 타자 헌터 페이스를 5구 만에 유격수 땅볼로 잡아내며 8회 초를 마무리 지었다.

이어지는 8회 말 공격에서 투수 타석 때 대타로 들어선 제이 페랄타가 코리 기어의 패스트볼을 잡아당겨 우익수 방면 2루타를 때려냈다.

무사 주자 2루.

1 대 0의 리드가 단 한순간에 날아갈 위기가 찾아왔다.

"젠장, 이렇게 되면 안 되는데."

아이싱을 마치고 더그아웃으로 돌아온 강동원이 아쉬운 표정을 지었다. 불펜 투수라면 선두 타자와 승부에 신경 써야 하는데 너무 안이하게 승부를 하다 장타를 허용하고 말았다.

브루스 보체 감독도 곧바로 투수 교체 사인을 보냈다.

코리 기어는 고개를 숙인 채 더그아웃으로 들어왔다.

"괜찮아, 잘했어."

브루스 보체 감독은 코리 기어를 다독거렸다. 그리고 조지 폰토스를 구원 등판시켰다.

　조지 폰토스는 호기롭게 등장했지만 1번 타자 맷 카펜터스에게 사사구를 내주며 상황을 더욱 악화시켰다.

　"하아……."

　카디널스가 또다시 주자를 내보내자 강동원의 표정이 순식간에 어두워졌다. 브루스 보체 감독은 다시금 마운드에 올라갔고 존지 폰토스는 한 타자만 상대하고 마운드를 내려가게 됐다.

　잠시 후, 불펜 문이 열리며 자이언츠 왕조를 이끌었던 베테랑 투수 하비에르 로피즈가 올라왔다. 77년생으로 적잖은 나이였지만 불펜에서 여전히 건재한 모습을 보여주고 있었다.

　"후우, 숨 찬다. 빨리 끝내고 가자."

　하비에르 로피즈의 공은 별로 빠르지 않았다. 그러나 하비에르 로피즈의 제구 능력은 리그에서도 수준급이었다. 그야말로 다양한 볼 배합으로 타자들의 타이밍을 빼앗는 데 도가 튼 선수였다.

　총 10구의 연습구를 마친 뒤 하비에르 로피즈는 3구 만에 알레디미스 디아르를 유격수 땅볼로 유도해 냈다.

　유격수 브래드 크로포트가 안정적으로 공을 받은 뒤 2루수 조 패인에게 공을 건넸다. 조 패인은 다시 1루수 브랜드 벨트의 글러브 속에 정확하게 공을 송구하며 6-4-3의 더블플레이를 완성시켰다.

"그렇지!"

조마조마한 얼굴로 경기를 지켜보던 강동원이 주먹을 불끈 쥐며 소리쳤다. 근심 가득했던 그의 표정이 한순간에 풀어졌다.

투 아웃. 주자 3루 상황에서 3번 타자 브레이드 모스가 타석에 들어섰다. 하지만 하비에르 로피즈는 눈 하나 꿈쩍하지 않고 자신만의 공을 던졌다.

그 결과 브레이드 모스도 유격수 땅볼로 물러나고 말았다.

하비에르 로피즈의 호투 속에 절호의 득점 기회가 무산되자 카디널스가 초강수를 뒀다.

카디널스의 새로운 마무리 투수이자 파이널 보스라는 별명으로 유명한 오승완을 마운드에 올린 것이다.

"이야, 멋지다."

늠름한 모습으로 마운드에 서 있는 오승완을 보며 강동원은 절로 탄성을 내뱉었다. 오승완도 후배 강동원이 지켜보고 있다는 사실을 의식한 듯 세 타자를 깔끔하게 틀어막고 자신의 역할을 다했다.

5번 타자 브레드 벨트는 5구째 하이 패스트볼을 던져 헛스윙 삼진으로 잡아냈다.

6번 타자 브래드 크로포트에게는 3구째 체인지업을 던져

2루 땅볼로 유도했다.

7번 타자 에두아르 누네스는 6구 승부까지 갔지만 결국 힘 있는 포심 패스트볼을 던져 우익수 플라이로 아웃시켰다.

그렇게 9회 초 자이언츠 공격을 완벽하게 틀어막으며 오승완은 당당히 마운드를 내려갔다.

오승완의 깔끔한 마무리로 8회 말의 아쉬움을 달랜 카디널스는 곧바로 9회 말 마지막 공격을 시작했다.

자이언츠에서는 잘 던진 하비에르 로피즈를 대신해 마무리 투수로 산티아 카시아를 마운드에 올렸다.

산티아 카시아는 97mile/h(≒156.1㎞/h)의 포심 패스트볼과 투심 패스트볼을 던지며 타자들을 윽박지르는 유형의 투수였다.

하지만 1 대 0이라는 부담감 때문일까. 산티아 카시아는 첫 타자부터 불안한 출발을 하였다.

따악!

4번 타자 스티브 피스코티에게 유격수 옆을 빠져나가는 안타를 허용한 것이다.

무사 1루 상황에서 타석에 5번 타자 야디에르 모리나가 들어섰다.

산티아 카시아는 초구에 바깥쪽 포심 패스트볼로 스트라이크를 잡은 후, 2구와 3구째 연속해서 유인구를 던졌다.

하지만 야디에르 모리나가 속지 않으면서 볼카운트가 원

스트라이크 투 볼로 불리해졌다.

"후우……."

마운드 위에서 한참 동안 숨을 고른 뒤 산티아 카시아는 특유의 빠른 공으로 스트라이크를 잡았다. 그리고 승부구로 커브를 던졌지만 야디에르 모리나가 참아내면서 다시 풀카운트 승부로 이어졌다.

'빠른 공이 들어올 거야.'

야디에르 모리나는 산티아 카시아의 빠른 공에 초점을 맞췄다. 그러나 비스트 포지가 요구한 공은 바깥쪽에 뚝 떨어지는 체인지업이었다.

후앗!

산티아 카시아는 비스트 포지의 요구대로 정확하게 공을 던졌다. 그리고.

"스트라이크, 아웃!"

까다로운 타자 야디에르 모리나를 잡아냈다.

"예스!"

산티아 카시아는 주먹을 불끈 쥐며 포효했다. 이제 땅볼 타구만 유도해 내면 오늘 경기를 마무리 지을 수가 있었다.

잠시 후 6번 타자 제드 지코가 타석에 들어섰다. 살짝 흥분한 산티아 카시아는 제드 지코를 상대로 초구 스트라이크를 집어넣으려 했다.

하지만 제드 지코가 기다렸다는 듯이 빠른 공을 걷어내면서 주자 1, 3루 위기에 몰리고 말았다.

"후우······."

강동원도 초조한 마음에 자리에 가만히 앉아 있을 수가 없었다. 여기서 희생플라이 하나면 동점이었다. 까딱 잘못했다가는 자신의 승리가 고스란히 날아갈 판이었다.

아니, 차라리 점수와 아웃 카운트를 맞바꾸기라도 하면 다행이었다. 만에 하나 여기서 장타가 터져 나온다면 그대로 역전패를 당할 수밖에 없었다.

"산티아, 괜찮으니까 흥분 좀 가라앉혀."

산티아 카시아를 진정시키기 위해 브루스 보체 감독이 직접 마운드에 올랐다. 브루스 보체 감독의 독려에 산티아 카시아도 다시 차분한 표정으로 돌아왔다.

"제발, 산티아."

강동원은 불안한 얼굴로 경기를 지켜봤다.

동점 주자와 역전주자까지 나간 상황에서 카디널스는 7번 타자 랜달 그린척이 타석에 들어섰다.

"이 기회는 절대 놓치지 않겠어."

랜달 그린척이 방망이를 단단히 움켜쥐며 산티아 카시아를 노려보았다. 산티아 카시아는 보란 듯이 코웃음을 친 뒤 바깥쪽에 스트라이크를 꽂아 넣었다.

원 스트라이크를 잡은 상황에서 산티아 카시아가 2구째 몸 쪽으로 포심 패스트볼을 붙여 넣었다. 그러자 랜달 그린 척이 반사적으로 방망이를 휘돌렸다.

하지만.

따악!

멀리 뻗지 못한 타구는 그대로 관중석으로 떨어졌다. 그렇게 볼카운트가 투 스트라이크로 바뀌었다.

볼카운트가 유리해지자 산티아 카시아는 삼진 욕심을 냈다. 하지만 3구와 4구째 터무니없는 유인구를 던져 볼만 늘리고 말았다.

투 스트라이크 투 볼 상황에서 산티아 카시아가 바깥쪽으로 힘껏 공을 던졌다.

'왔다!'

바깥쪽 코스를 노리고 있었던 랜달 그린척이 망설이지 않고 방망이를 내돌렸다. 하지만 마지막 순간에 뚝 떨어진 공의 윗부분에 방망이가 걸리면서 힘없는 땅볼을 만들고 말았다.

"크아아아!"

랜달 그린척이 악을 내지르며 1루로 내달렸다.

반면 강동원은 자신도 모르게 자리에서 벌떡 일어나 공의 움직임을 주시했다.

타구를 받은 유격수 브래드 크로포트가 2루수 조 패인에게 가볍게 토스 그리고 조 패인이 1루수 브래드 벨트에게 송구.

앞선 8회에 이어 9회에도 6-4-3으로 이어지는 더블플레이가 만들어졌다.

"그렇지! 잘했어!"

강동원이 주먹을 움켜쥐었다. 그리고 주변에 있던 선수들과 승리의 기쁨을 나누었다.

카디널스가 또다시 득점 기회를 무산시킨 가운데 자이언츠가 1 대 0, 한 점 차로 승리를 거두었다.

승리 투수는 6회까지 무실점 호투를 펼친 강동원.

하마터면 점수를 내줄 뻔한 산티아 카시아가 세이브를 챙겼다.

"강! 첫 승이지? 축하해."

"강! 오늘 정말 잘했어!"

"축하해! 강! 앞으로 이렇게만 던지라고. 알았지?"

"루키가 너무 잘하는 거 아냐? 어쨌든 강, 잘하라고. 마이너리그로 내려가지 말고. 알았지?"

동료 선수들이 저마다 강동원에게 다가와 축하 인사를 건넸다. 강동원은 씩 웃으며 그들과 일일이 손뼉을 부딪쳤다.

"오늘 정말 잘 던졌어, 강."

선수들에 이어 강동원은 브루스 보체 감독과도 악수와 포옹을 나누었다. 브루스 보체 감독은 강동원만 들을 수 있도록 첫 승을 진심으로 축하하며 너의 승리를 지킬 수 있어서 다행이라는 말을 건넸다. 하지만 애석하게도 강동원은 그 말을 전부 알아듣지 못했다.

마지막으로 강동원은 비스트 포지를 찾았다. 비스트 포지도 포수 장비를 벗어 던진 뒤 강동원을 찾아 고개를 두리번거리고 있었다.

"강! 이거 받아."

"이게 뭐예요?"

"뭐긴 뭐야. 첫 승리를 기념하는 공이지."

비스트 포지가 6회 말에 챙겨두었던 공을 강동원에게 건넸다. 강동원은 그 공을 받고 한참 동안이나 말을 잇지 못했다.

그런 강동원의 어깨를 끌어안으며 비스트 포지가 환하게 웃었다.

"어쨌든 강! 메이저리그 첫 승 정말 축하한다! 넌 그럴 자격 충분해!"

비스트 포지의 목소리가 강동원의 귓가에 왕왕 울렸다.

그렇게 강동원의 메이저리그 첫 선발 등판은 성공리에 끝이 났다.

to be continued